바람의 항구

바람의 항구

이재연 산문집

샘터

　글을 쓰려고 책상 앞에 앉으면 늘 막막하다. 삶이란 여간해서는 제 모습을 쉽게 드러내지 않는다. 마음의 파장을 일으키는 어떤 일을 겪었을 때 불현듯 진솔한 삶의 한 모습이 물속의 그림자처럼 어른거린다. 나는 희미한 삶의 얼굴을 알기 위해 그 어른거리는 그림자의 리듬에 올라타고 한 줄 한 줄 써 내려간다. 미로 속에서 이리저리 헤매다 햇살 가득한 언덕에 올랐을 때 피로가 사라지며 정신적 쾌감이 밀려온다. 이 쾌감에 또다시 책상 앞에 앉는다.

　글은 내 지난날의 흔적이고 발자취이고 삶의 이정표이다. 글을 쓰면서 나를 알아가고, 그렇게 달라진 내가 또 글을 쓴다. 글은 나를 비추는, 추억과 기억과 영혼의 맑은 거울처럼 느껴진다. 집안일을 하다가, 때로는 꿈속에서, 혹은 잠에서 막 깨어났을 때 스치는 하나의 낱말이나 한 구절이 하나의 작품으로 태어나기도 한다. 산문집에 실은 글은 그런 아득한 마음을 의지의 힘으로 밀고 나가 쓴 것들이다.

중국 우한에서 시작되어 이월에 불어닥친 코로나19 광풍은 우리나라는 물론 내 삶의 많은 것을 바꾸어 놓았다. 거의 매일 세계 여기저기서 기하급수적으로 불어나는 확진자와 사망자 수를 헤아리다 보니 세기말적인 음울한 공기가 나를 끌고 가는 듯하다. 이 지독한 역병을 이기기 위해서는 더 환한 것, 더 빛나는 것으로 무장해야 한다. 이 암담한 코로나 시절에 내가 찾은 빛나는 대상은 신과 하늘과 햇빛과 아이들과 꽃들과 푸른 나무들이다. 다 공짜이고, 영원한 이의 숨결이 감도는 아름답고 향기로운 것들이다.

또한 가족은 늘 튼튼한 울타리가 되어 삶의 진정한 기쁨이 무엇인지를 알게 해 준다. 만나서 웃고 가끔 동네 식당에서 맛있는 음식을 함께 먹으며 얘기 나누는 것이 고작인데 '코로나 블루'를 이겨 내게 한다.

나는 어느 해보다 길게 느껴지는 올해 봄에 긴 산문 「코로나19의 세월 너머」를 썼다. 코로나19는 우리에게 삶과 죽음의 문제이다. 죽음을 극복하기 위해, 살기 위해 우린 사랑해야 하리라. 앞으로 어떤 세상이 올지 알지 못한다. 더 나은 세상에 대한 믿음과 꿈을 갖고 실천해 나가면 더 살기 좋은 세상은 기적처럼 다가올 것이다.

원고를 정리하다 보니 투병에 관한 글이 유독 많았다. 하나의 병을 앓을 때마다 외딴섬으로 유배당하고 있는 듯했다. 아픈 세월 속에서 신음이나 슬픔이 공기처럼 나를 에워쌌다. 병은 끝 모를 절망의 컴컴한 바닥으로 나를 끌고 간다. 그러나 그 병의 고통은 고통으로 쉽게 끝나지 않는다. 살다 보면 의도치 않게 병에 걸리듯, 희망이나 환희의 얼굴도 어느 순간 불현듯 스친다. 고통 속에서 새로 태어나는 것은, 영혼이 깊어지는 것은 신의 섭리인지 모른다.

자기가 좋아하는 일을 하는 것이 몸뿐 아니라 정신 건강에 도움이 된다고 한다. 신의 은총 속에서 영육이 강건해져 더 높은 것, 더 영원한 것, 사랑의 감격과 떨림에 대해서 쓰고 싶다. 인습과 관습의 틀을 깨고 빛 쪽으로 높이 날아오르는 자유로운 영혼의 새가 되고 싶다.

2020년 초여름에

이재연

차
례

1
부

사
랑
의

힘

조금 있다 축제의 마지막을 장식하는 폭죽이 터졌다. 은빛, 금빛, 찬란한 무지갯빛 별들이 어두운 하늘에서 춤추듯 내려온다. 폭죽이 터질 때 바라는 소원은 이루어진다고 했던가. 나는 무엇이든, 날개 같은 것으로 아이의 푸른 꿈의 세계를 채워 주고 싶은 마음을 하늘의 별빛 속으로 날려 보냈다.

숲 속 의 방

수유리 작은 아파트에 살 땐 나만의 방이 없었다. 나는 나만의 공간을 갖기를 간절히 원했다. 경제적인 측면을 고려하면 이루어질 가능성이 희미했지만, 탈출구를 찾듯 그 희망의 끈에 매달리며 살아갔다. 그러던 어느 날, 그 가느다란 끈이 팍팍한 현실 속에서 정말로 뿌리를 내리게 되었다. 남편이 근무하는 대학원의 사택이 있는 북한산 기슭으로 이사를 가게 된 것이다.

오월의 어느 맑은 날 비어 있는 사택으로 가 보았다. 숲 속의 작은 연립주택은 낡아서 허름했고, 잡초가 우거진 넓은 뜰엔 엉성하고 메마른 꽃나무들이 새 주인을 기다리고 있었다. 현관으로 들어서는 좁다란 길엔 서너 그루의 토종 밤나무와 자그마한 수양벚나무가 낯선 방문객을 보고 있었다. 산으로 오르는 흙길 맞은편엔 두 채의 사택이 우거진 숲에 들어앉아 있고, 바로 옆집 사이로는 사철나무가 빙 둘러 있다. 오른쪽 방 창가에는 늦게까지 피는 한 송이 장미꽃이 함초롬히 피어 있다.

아, 바로 저게 내 방이다!

그러나 숲속의 집도 아파트처럼 방이 세 개뿐이다. 방 하나는 중학생 딸의 공부방으로, 다른 하나는 읽고 강의하고 논문을 써야 하는 남편의 서재로, 거실 끝의 커다란 방 하나는 안방으로 사용해야 한다.

꿈은 이루어질 듯하다가 뒷걸음질 쳤다. 나는 포기하지 않고 생각하고 또 생각했다. 궁리 끝에 안방 한가운데에 미닫이문을 달아 방 하나를 두 개로 만들었다.

햇살 가득한 내 방 책상 앞에 앉아 유리창 밖의 뜰을 빨려 들듯 보곤 한다. 매화나무 울타리 옆 샛길 너머의 작은 숲이 보이고, 뜰의 꽃나무들은 주인을 향해 친구처럼 밀어를 속삭여 주는 듯하다. 나뭇가지의 새들은 공중을 날아다니며 보았던 갖가지 이야기를 지저귀고 있다. 밤나무 아래 양지바른 곳에서 다리를 쭉 뻗고 낮잠을 즐기는 우리 집 개 초롱이의 모습은 어디로 훌쩍 떠나고 싶은 방랑심을 일게 한다.

낮에 밖으로 볼일을 보러 나갈 때면 초롱이는 나를 졸졸 따라온다. 친구 개들은 초롱이를 따라온다. 나는 어머니를 졸졸 따라다니는 아이에게 하듯, 집에 가! 하고 큰소리치고 그냥 걸어간다. 몇 걸음 가다 돌아보면 초롱이는 하나도 무섭지 않다는 듯 한 걸음 물러섰다가 다시 졸졸 따라온다. 개들은 앞장선 초롱이를 따라오고, 나는 할 수 없이 양 떼를 거느린 목자처럼 누렁개, 비루먹은 개, 바짝 야윈 개, 꾀죄죄한 곱슬털의 개를 데리고 교정의 언덕바지를 내려온다. 어떤 때는 해야 할 일들을 생각하며 몽롱한 얼굴로 교문 밖을 나와 건널목을 건넌다. 조금 가다 혹시나 하고 돌아보면 개들이 세상 구경 재미있다는 듯이 호기심 가득한 눈으로 내 뒤를 졸졸 따라오고 있다. 할 수 없이 가던 걸음을 돌려 가, 가! 소리치며 개 떼를 몰고 다시 교문 안으로 들어선다. 위암 수술을 해 빼짝 야윈 경비원이 재미있다는 듯이 빙긋이 웃는다.

사람 때문에 가슴 아픈 일이 생기면 뜰로 나가 풀을 뽑든지, 현관에 이르는 밤나무 사이의 좁다란 길을 골똘히 생각하고 또 생각하며 걷는다. 나뭇가지 사이로 비치는 은은한 햇살이, 바람에 살랑거리는 나뭇잎들이 나의 침침한 속을 보고 있는 것 같다. 어수선한 붕 뜬 마음이 고요해지면 나는 꽃나무들이 어떻게 잘 살아가고 있나 이리저리 돌아다닌다. 이 나무가 부르는 것 같고, 저 나무가 만져 달라고 속삭이는 것 같다.

뜰 가운데 두 개의 돌계단을 올라간다. 붓꽃 옆의 작디작고 가느다란 미니장미가 한 송이 하얀 꽃을 피우고 있다. 이 세상의 아름답고 신비하고 연약한 것이 안겨 주는 이유 모를 슬픔과 연민이 스친다. 눈에 띄는 대로 굳은 흙은 파 주고, 잔가지는 쳐 주고, 기우뚱하는 가지는 세워 주고 나면, 힘들지만 흙냄새와 꽃나무 향이 머리를 맑게 깨어나게 한다. 그런 어떤 순간, 내가 붙잡고 있어야 할 것을 놓아 버리고 허둥지둥 바삐 살아가고 있다는 것을 슬프게 깨닫는다. 낮인가 하면 어느새 밤이고, 밤인가 하면 어느새 뿌연 새벽빛이 창문을 불그레하게 물들이고 있다. 생명과 같은 시간이 잔인하게 흘러가고 있다.

이제 두 개의 방에서 어떻게 살아갈 것인가, 그 물음에 스스로 답을 해야 한다. 책상이 있고 창가에 장미꽃이 보이는 작은 방은 정신을 상징하는 것 같다. 한 발짝 레일만 넘으면 소나무를 볼 수 있는 창가 방이다. 이 방에서는 가지에 달린 솔방울을 보면서 전화도 받고 평안하게 잠도 잘 수 있어서 육체처럼 느껴진다. 마음이 곤하면 이 방에서 한숨 자고 부엌으로 가거나, 몇 발짝 걸어 나만의 방으로 가기도 한다. 나의 두 얼굴 같은 정신과 육체의 두 방. 두 세계의 오묘한 조화 속에서 힘을 얻어 하루하루 살아간다.

내 방 미닫이문에는 자기만의 방에서 자신의 세계를 창조한 여인들의 사진이 붙어 있다. 현대무용의 새벽을 연 맨발의 이사도라 덩컨, 노래와 사랑에 열정을 불태운 길거리 샹송 가수 에디트 피아프, 여자가 글을 쓰려면 자기만의 방과 매달 들어오는 돈이 있어야 한다고 말한 버지니아 울프……

버지니아는 일생을 조울증에 시달렸지만 자기만의 방에서 해방과 자유를 상징하는, 시공을 초월한 글을 썼다.

"나는 한 사람이 아니다. 나는 여러 사람이다. 나는 내가 누구인지 전혀 모른다."

울프의 절망과 우울, 일에 대한 그녀의 수도승 같은 자세가 백 년 후의 여자를 끌어당긴다. 그녀는 사회의 인습과 관습에 눌리지 않고 이 세상의 진보를 믿으며 용기를 갖고 자신의 꿈을 실천하며 살았다. 여자에게 자기만의 방이란 꿈과 신의 손길이 어려 있는, 하나의 창조의 성곽城廓이 아닐까.

딸은 그런 자기만의 방을 하나의 정원으로 보았다.

"엄마의 글 쓰는 방에 들어가면, 햇살을 받으며 하얀 종이 위에 글을 쓰고 책을 읽는 엄마의 모습을 상상할 수 있어요. 부디 엄마의 소중한 정원에서 좋은 열매가 나올 수 있기를 기도할게요."

뉴욕으로 어학연수를 떠난 대학생 딸이 보낸 편지이다.

나의 방엔 살아오면서 관계를 맺은 많은 사람들의 따스한 여운이 스며 있다. 나의 이름을 부르며 다가온 사람들, 나를 변화시킨 사람들이 준 선물이 여기저기 보인다. 작은 추가 달린 갈색의 나무시계, 메모판에 걸려 있는 목걸이들, 새롭게 눈을 뜨게 해 준 많은 책들, 말린 석류 열매와 눈물 흘리며 나팔을 불고 있는 피에로 그림……

창가의 햇살 비치는 책상엔 서너 가지 색깔의 볼펜과 하얀 종이가 놓여 있다. 책상 앞에 앉아 습관적으로 뜰 쪽을 본다. 피고 지고 하는, 요염한 여자 같은 검붉은 한 송이 장미꽃이 눈에 들어온다. 오직 주인을 위해 아름다운 자태로 바다와 숲 냄새를 섞어 놓은 듯한 향을 풍기고 있다. 울타리의 말간 사철나무엔 늦은 오후의 햇살이 반짝거린다. 사방은 고요한데 어디선가 새소리가 들려온다. 살짝 열린 문 사이로 유월의 숲과 꽃나무 냄새가 들어온다. 상큼한 향이 이 방을 울타리처럼 지켜 주고 있는 것 같다. 감사한 마음이 온몸으로 퍼져 나간다.

지금 이 순간, 이 자리에 있는 것은 보이지 않는 손길 때문이다. 꽃과 바람과 별과 새의 주인이 함께하고 있는 듯하다. 꿈인 듯 생시인 듯 뿌연 환영이 밀려온다. 어느새 환영의 주인은 피와 살이 통하는, 구체적인 눈부신 사람의 형상으로 변해 나의 손을 잡고 앞으로 걸어간다. 꿈으로 획득한 방에서 꿈의 길을 따라 알지 못하는 넓은 세상 속으로 나간다.

봄기운이 느껴지는 이월 중순이었다. 소설가 모임에 갔다가 저녁 늦게 집에 와서 가방 속 소지품을 정리하는데 핸드폰이 보이지 않았다. 가슴이 철렁 내려앉았다. 전화기로 다이얼을 돌리니까, 멀리서 발신음 소리가 들린다. 다음 날 아침에도, 낮에도 걸어 보았다. 늦은 저녁 시간에도 그 작은 물건에게 신호를 보내면 그쪽에서도 신호를 보냈다. 피리 소리 같기도 하고 흥얼거리는 콧노래 같기도 한 맑디 맑은 소리였다. 어서 빨리 날 구해 줘, 하는 외마디 비명처럼 들렸다. 한때 나의 분신 같았던 사물이 내 손이 가 닿지 않는 곳에서 여전히 울리고 있다는 사실이 가슴 아팠다.

하루가 가고 이틀이 가고 사흘이 흘러갔다. 마음이 텅 빈 듯해 이리저리 돌아다니다가 집으로 돌아와 전화를 걸어 보고 또 걸어 본다. 그리운 사람의 목소리라도 듣고 싶은 것처럼 자기 전에도 하고, 아침에 일어나면 또 하고.

내 작은 하얀 친구는 어디 먼 곳에 있는지 점점 힘이 없는 소리로 여전히 울어 댄다. 귀에 익은 그 아련한 소리를 들으면 사랑하는 사람과 이별한 것처럼 슬픔으로 가슴이 아린다. 어딘지 모를 컴컴한 곳에서, 자신을 찾고 있는 주인의 부름에 응답하려는 정겨운 소리가 반가우면서도 슬프다. 이제 곧 그 소리까지 들을 수가 없을 것이다. 허탈한 심정으로 괜히 서성거리다 밖으로 나와 여기저기 쏘다니다 집으로 돌아온다.

이 작고 손때 묻은, 낡고 하얀 물건에 의지하며 봄여름 가을겨울을 보내고, 한 해 두 해 세월을 흘려보낸 것이다. 시간은 순간순간 어디로 잘도 빠져나가 버리고, 지나고 나면 모든 것은 아득하다.

이대로 그냥 헤어질 수는 없는 것이다. 나는 며칠 전 모임이 있었던 대학로의 함춘회관에 전화했다. 충무로역 유실물센터와 혜화역 역무실에도 전화했다. 핸드폰 찾기 콜센터까지 전화했다.

그리운 사람을 만나고 집으로 돌아가는 길에 나는 지하철 안에서 문자를 쓰곤 했다. 어떤 때는 지하철 대합실에서 찬 공기를 들이마시며 그리운 마음을 짧은 글에 담아 보냈다. 누구와 약속시간이 가까워지면 핸드폰은 바빠졌다. 문자를 쓰면서, 사랑하는 사람의 목소리를 들으면서, 내 손안의 하얀 그것은 생명체처럼 빛이 났다. 보관함의 깊숙한 창고엔 바다와 섬과 세 살배기 손자의 추억과 꿈의 비밀스러운 얘기들이 쌓여 갔다. 썰렁한 지하철에서 보낸 문자에, 읽고 또 읽을 수 있는 감동적인 산문시 같은 진솔한 답장이 오면 얼마나 기뻐했던가. 한 사람의 혼이 내 속으로 들어와 밤의 귀갓길은 외롭지 않았다. 갑자기 보고 싶다는 생각이 들면, 핸드폰 뚜껑을 열어 친구의 목소리를 들으려 하지 않았던가.

보고 싶고, 보고 싶고, 또 보고 싶고.

사월 어느 날이었다. 산 밑 딸네 집에 가서 손자랑 담요 놀이와 숨바꼭질을 하며 놀고 난 뒤 집에 가려고 자리에서 일어났을 때였다. 세 살배기 어린 손자가 날 보며 말했다.

할미 보고 싶어.

그 말에 나도 웃고, 딸도 웃고, 아이도 웃었다. 하나님의 아들 김우림, 하고 부르면 오른손을 들고 빙긋이 웃는 아이. 그 아이랑 같이 있으면 삶은 축제 마당이 된다.

나도 네가 보고 싶어.

정말이다. 어두운 집 밖으로 나가면 이 세상에서 가장 잘 통하는 네가 곧 보고 싶어질 거다. 훤히 보이는 책장 옆에 웅크리고 앉아 있는 너를 찾으러 갈 때의 그 순수한 몰입의 순간을, 숨바꼭질하고 나서 서로 보며 웃어 대는 생기로 가득한 그 시간을 그리워할 거다. 이야기를 해 주면 다 알고 있다는 듯이 방글방글 웃으며 듣고 있는 천사 같은 예쁜 얼굴을 보고 싶어 할 거다.

나흘째 되는 날이었다. 뿌연 대기 속으로 봄비가 내리고 있었다. 이별과 상실감에 그리움의 열기가 와락 밀려들었다. 나라는 존재가 전자파 나오는 이토록 작고 낡은 기계에 의지하고 살았구나, 의지하고 살아가는 것들이 이처럼 불확실하고 언젠가는 사라져 버릴 것들이었나, 하는 생각으로 가슴이 찢어질 듯 공허했다.

보슬비 내리는 길을 걸어 지하철 입구를 향했다. 혜화역에서 내린 나는 마지막까지 의리를 지키려는 사람처럼 함춘회관 화장실도 기웃거려 보고, 청소 아주머니와 경비 아저씨에게 물어보기까지 했다.

닷새째 되는 날, 나는 핸드폰 해지신고를 했다.

아담아! 지금 네가 어디 있느냐?

연극 같은 인생

딸이 초등학생일 때 혜화동으로 연극을 보러 가곤 했다. 연극을 보는 날은 축제와 같았다. 아이는 그 어느 때보다 얼굴과 눈에서 빛이 났다. 현관에서 서성거리며 빨리 나오라고 재촉하며 시계를 보고 또 보았다. 아이의 기뻐하는 모습에 나도 덩달아 먼 여행을 떠나려는 사람처럼 설레었다.

중학교에 들어가서도 모녀는 일상의 탈출구인 듯 혜화동으로 연극을 보러 다녔다. 언젠가 「시네마 천국」을 영화관에서 보고 나올 때였다. 인파 속에서 걸어 나오며 아이가 손등으로 눈물을 훔쳤다. 영화의 어떤 장면이 아이를 울게

25

한 것일까. 그때 나는 무슨 죄를 지은 듯 가슴이 먹먹했다. 이렇게 감수성이 풍부한 애를 영어 문법이니 수학 선행 학습이니 하며 과외로 학원으로 내모는 것이 어리석게 느껴졌다. 몽상적인 얼굴로 영화음악의 리듬을 흥얼거리며 하는 공부에 성적이 오를 리가 없었다. 그래도 학원을 포기할 수는 없었다. 모두 한배를 타고 대학입시라는 절벽의 골대를 향해 질주하고 있지 않은가.

언젠가 주말에 연극「우리들의 일그러진 영웅」을 보러 갔다. 얼마 후 딸의 학교에서 학예회가 있었다. 딸이 그 연극을 각색하고 연출을 맡았다. 또한 우연히 옛 친구를 길에서 만나 걸음을 멈추고 써늘한 눈빛으로 몇 년간의 변화를 말없이 하는 연기도 맡았다. 그동안 어떻게 지냈는지 궁금하면서도 친구에게 당한 아픔에 날 왜 괴롭혔어? 하는, 쏘아보는 눈빛으로 일별하고 그냥 지나치는 장면이었다. 연극이 끝나자 대사가 없는, 힘든 끝 장면 연기를 잘했다고 칭찬받았다. 그때 희망의 씨앗 같은 말이 아이의 가슴에 떨어져 푸르게 자라 연극원에 가서 극작을 공부해 극작가가 되었다.

딸이 쓴 작품이 무대에 오를 땐 이번엔 내가 소풍 가는 아이처럼 설레며 멋을 내고 연극을 보러 집을 나선다. 객석에 앉아 무대를 보고 있으면 딸의 내면 소리가 들려오는 것 같기도 하고, 빈 종이를 앞에 두고 써야만 하는 젊은 예술가의 고뇌가 밀려오는 것 같기도 하다. 딸이 연극하는 사람들과 어울리다 저녁의 써늘한 찬 공기를 마시며 집에 돌아오면, 내 허무한 청춘이 살아나는 듯한 감회를 느끼곤 한다. 젊은 날엔 웅크린 날개를 활짝 펴고 창공 높이 날아야 한다는 것을 왜 몰랐을까. 어머니들은 딸에게 용기와 모험의 날개를 달아 주고 싶어 한다.

봄부터 베란다 화분의, 나팔꽃처럼 생긴 연분홍 난꽃이 계속 피고 지고 하다가 가느다란 잎들이 마르면서 더 이상 꽃이 피지 않았다. 그러다 며칠 전 이른 아침이었다. 부드러운 햇살 속에 세 송이의 꽃이 한꺼번에 피어 있었다. 그 전날 저녁, 남은 허브차에 물을 타서 준 것이 영향을 미친 것일까. 기적이다! 순간 스치는 이 한 구절. 어둠 속 음지의 땅에서 걸어가는 자의 눈엔 이 세상의 아주 작은 희미한 생명체들이 바람에 하느작거리는 것이 보인다. 이 세상이 기적과 섭리로 나아가고 있다는 것을 느낀다.

살다 보면 무한을 바라는 마음으로 어느 순간이 기적처럼 느껴진다. 다른 사람의 눈엔 평범한 것이라도 뭔가 바라는 마음에 따라 빛처럼 확 느껴지는 순간이 있다. 기쁜 일이든 슬픈 일이든 어떤 일이 갑자기 터질 때는 삶이라는 무대 위에서 홀로 모노드라마를 하고 있는 자신을 본다.

요즘 들어 한마디 말이나 태도를 오해하여 흐릿한 무대 뒤편으로 사라져 가는 사람의 모습이 보이곤 한다. 비수 같은 말이 날아와 가슴에 꽂히기도 한다. 텅 빈 무대 의자에 앉아, 나는 자신을 타인처럼 보며 멀어져 가는 발소리를 듣는다. 침묵 속에서 가만히 앉아 자신을 응시하고 있으면 연분홍 난꽃 같은 기쁨을 안겨 주는 사람이 저 먼 데서 다가오고 있는 것을 느낀다. 고요한 가운데 온몸이 생기에 싸여 다시 일어서고자 하는 마음으로 몸이 달아오른다. 나는 벌떡 자리에서 일어나 그 변함없는, 사랑하는 사람 쪽으로 두 팔 벌리고 다가가고, 서서히 막은 내린다.

얼마 전 소설집이 나와, 이십여 년 전 소그룹 지도 선생에게 책을 한 권 드리려고 그가 하는 병원에 갔다. 그동안 몇 번인가 공식적인 모임에서 잠깐 인사한 것이 전부였다.

병원의 대기실엔 서너 명의 환자들이 뭔가 골똘히 생각하는 얼굴로 앉아 있었다. 나는 간호사에게 원장 선생님과 약속하고 만나러 왔다고 말했다. 간호사는 무덤덤한 얼굴로 그냥 기다리라고 했다. 시골 간이역 같은 작은 대기실엔 선생님의 검소한 삶의 흔적과 고고한 삶의 향기가 스며 있는 것 같다. 나는 오래전 방황하던 자신으로 돌아가 그때 나를 일으켜 주었던 말들, 굴레 밖으로 뛰쳐나가게 했던 말들을 더듬었다. 언젠가 토론 시간에 그가 말했다

"감정 때문에 일이 진전이 안 되기도 하지요."

그 시절에 나는 욕심과 의심의 감정을 누르지 못하고, 이 핑계 저 핑계 대며 흔들리며 세월을 탕진하지 않았던가. 중년의 나는 늘 갈 길을 잃어버린 사람처럼 막막했고, 무언가 보물을 찾으려는 마음으로 소그룹에 참석하곤 했다. 자리에서 일어날 때는 언젠가 새로운 자신이 태어나리라는 믿음이 솟구쳤다.

한 사람의 위대한 멘토는 영원으로 향한 사닥다리를 올라가게 하는 힘이 있다. 나는 누구인가, 하는 정체성을 회복해 갈수록 나에게 '존경'이란 말은 선생님을 상징하는 대명사가 되었다.

환자의 진료가 끝나서 안으로 들어가자 선생님은 나를 보고 웬일이십니까, 하고 깜짝 놀란 얼굴로 말했다. 전화로 오늘 열두 시에 만나기로 했다고 하자, 아차, 깜박 잊어버렸군요, 하고 약간 수척해진 얼굴로 미안해하며 말했다. 팔십 대 노의사의 기억력을 나는 이해했다. 나도 요즘은 기억력 때문에 전화선 저쪽 상대방이 어느 나라로 여행했고, 어느 음식점에서 무얼 먹었다는 말까지 새로운 낱말처럼 들려 적기도 한다. 어느 날엔 약속이 지난 벽걸이의 포스트잇 메모들이 낙엽처럼 우수수 쓰레기통으로 들어간다. 선생님은 지금 아내가 가마솥 설렁탕집에서 점심식사를 예약해놓고 기다리고 있는데 같이 가자고 했다. 나는 괜찮다고 사양했고, 그는 그럼 다음에 약속해 만나자고 했다.

그날 저녁에 선생님의 메일을 받았다.

"저도 그동안 세 군데 수술해 온몸이 벌집처럼 망가졌지만, 아침 햇살이 광활한 평원에 밀려오듯 창조주의 섭리가 크고 원대하고 세밀하심을 깨달아 감사하며 살고 있습니다. 선생님을 위해 늘 기도하겠습니다."

나의 책 '작가의 말'에 여러 번 수술했다는 글을 읽고 쓴 것이리라. 가까이 접근할 수 없다고 생각했던 선생님이 기도하겠다는 말에 언뜻 연극의 한 장면 같다는 생각이 들었다. 희미한 기억력 때문에 한 번의 식사가 아니라 천하의 대군 같은 기도라는 선물을 받은 것이다. 먼동이 틀 때, 위로 날아가는 기도의 생기 찬 날갯짓 소리, 뿌연 허공을 뚫고 하늘을 향해 올라가는 별빛 같은 바람의 말들…… 깨어 있는 영혼끼리 하루가 열리는 푸른 희망의 공간에서 새롭게 만나는 경이감이라니. 빌딩 아래 먼지 자욱한 거리를 걸어가면 갑자기 새벽녘의 향기로운 말의 여운이 밀려온다. 저만치서 다가오는 희미한 형체가 새벽녘의 그 사람인가.

이제 인생의 3막 같은 연극 무대로 어린 손자가 등장했다. 제 어미의 피가 흐르는지 아이는 연극놀이를 가장 좋아한다. 어린 시절의 딸이 연극을 보러 갔을 때처럼, 손자도 반짝거리는 눈빛과 기쁨 가득한 얼굴로 연출가가 되기도 하고 감독이 되기도 한다. 아이는 할아버지 서재에서 열심히 연극무대를 만든다. 문에다 '출입 금지'라고 쓴 종이를 붙여 놓고, 의자는 문 쪽에 갖다 놓고, 막으로 사용할 담요는 의자에 걸쳐 놓는다. 나는 문을 살짝 열어 본다. 아이는 아직 준비가 안 됐다고 얼른 문을 닫아 버린다. 조금 있다

방으로 들어오라고 하면 관객인 할머니와 엄마, 아빠가 빙긋이 웃으며 방으로 입장한다. 막이 오르기 전의 긴장감이 감돌아 공연장 객석에 앉아 있는 듯하다. 아이는 할아버지에게 무엇인가 지시하듯 말한 뒤 책상 밑으로 들어가 버린다. 어른들은 이래도 저래도 웃기로 작정한 사람처럼 그냥 하하 웃어 댄다. 할아버지는 서서 요셉 이야기를 하고 아이는 책상 밑에서 얼굴을 내밀고, 춤을 춰! 빨리! 하고 엉뚱한 말을 하기도 한다. 할아버지는 뒷짐을 지고 빙긋이 웃으며 이리 왔다 저리 갔다 하며 감독을 소개한다.

여러분도 알다시피 감독은 이제 일곱 살 되는 소년입니다. 각본도 쓰고 연출도 하는 아주 다재다능한 사람입니다.

아이 아빠는 자리에서 일어나 이 모습들을 영상으로 남긴다. 아이는 책상 밑에서 불그레하게 상기된 얼굴로 무어라 쓰여 있는 종이를 들여다보다가 손을 비쭉 내밀어 춤 춰요! 하고 말한다. 어른들은 살아서 팔딱이는 싱싱한 생선 같은 즉흥 연극을 즐기며 주말 오후의 한때를 보낸다.

딸이 연극 일 때문에 혜화동으로 가는 날에는 아이가 할아버지 방에서 잔다. 아이가 잠들 때까지 할아버지는 성경 속에 나오는 야곱과 요셉과 다윗의 구약 이야기를 자장가처럼 조곤조곤 들려준다.

야곱은 열두 명의 아들 중에 요셉을 특별히 사랑해 채색 옷을 입혔어요. 하루는 아버지 야곱이 밭에서 밀을 베고 있는 형들한테 과일과 과자를 갖다주라고 해서 수레에 담고 탁탁 소리 내며 갔어요.

할아버지는 마차의 말발굽 소리를 탁탁 흉내 내며 아이 등을 쳐 준다. 이때쯤 아이는 몸을 뒤척이며 눈을 감는다. 졸음이 묻은 할아버지의 목소리도 점점 잦아진다. 뜰에서 맑은 새소리가 들려온다. 아이는 잠이 덜 깬 목소리로 말한다.

이야기…… 더 해 줘요……

졸린 할아버지는 이야기를 하다가 깜박 졸기도 한다.

저기 꿈꾸는 긴 옷 입은 요셉이 오온다! 뭐 형들인 우리들이 자기한테 절한다고? 해와 달과 별이 자기한테 절을 한다고? 웃기는 요셉을 구덩이에 넣어 버리자! 펑덩 하는 소리가 들판 너머로 사라졌어요. 그때 마침 이집트로 장사하러 가는 아저씨들이 요셉을 보고 은 이십을 주고 사 갔어요. 그 뒤 요셉은 이집트 관리 보디발 아내의 유혹을 물리치고 꿈 해몽을 잘해 그 나라 총리가 되었답니다.

세월이 흘러 곡식을 구하러 온 형들이 요셉에게 절하자 용서해 주었어요. 모든 게 꿈대로 되었어요. 형들이 절하고 해와 달과 별도 절하고. 꿈을 믿으면 그대로 되는 거예요. 별이 되는 거예요.

꿈속에서 아이는 천사가 되어 점점 높이 날아오르고 졸음이 밀어닥친 할아버지의 목소리는 해와 달과 열한 별…… 새벽별…… 하며 점점 잦아들고 있다.

유리문 밖엔 새로운 날을 준비하는 유난히 크고 밝은 둥근달이 검푸른 하늘의 하얀 구름 떼에 싸여 떠가고 있다.

아이의 사랑법

생일에 여덟 살 난 손자한테 손바닥만 한 하얀 종이 카드를 받았다.

생일 축하해요! 할머니, 너무너무 사랑해요.
그리고 또 사랑해요.

연필로 반듯반듯하게 쓴 글자 주위엔 크고 작은 하트가 일곱 개 그려져 있다. 내가 7이라는 숫자를 좋아하는지 알고 있는 것 같다. 지금까지 내가 주고받은 문자나, 그 외의 모든 말들 속에서 사랑이라는 말이 우뚝 솟아나 반짝거리고 있다. 안개가 걷히듯 이 세상 어떤 말보다 먼저 앞장서 아이의 마음으로 쏙 들어온 사랑이라는 말. 설레고 꿈틀거리며 기다려지는 날들 앞에서 공기처럼 숨 쉬며 함께 살아가야 할 말, 사랑이라는 말…… 무엇을 강조하듯 나열한 '그리고'와 '또'라는 말이 허한 가슴속 비어 있는 구석을 순진한 영으로 채우는 것 같다. 동화책에서 읽은 것을 무심코 써 넣었다고 해도 외로운 세포들이 화들짝 깨어나 춤을 추고 있다. 하트 속엔 빙긋이 웃고 있는 아이의 얼굴이 담겨 있는 듯하고, 그림 그리는 예쁜 손이 보이는 듯하다. 또 아이가 숲의 바람 속에서 말을 걸어오고 있는 것 같다. 할머니! 나를 사랑해요? 그리고 또 사랑해요?

할머니! 메리크리스마스!
무척 사랑해요. 그리고 즐거운 크리스마스 되세요!

아이가 작년 크리스마스 때 준, 직접 만든 하얀 종이 카드다. 작은 종이에 연필로 또박또박, 약간 삐뚤빼뚤한 글씨로 쓴 '무척'이란 낱말이 눈에 쏙 들어온다. 지금이 너무너무 소중하고, 지금 이 순간에 사랑하고 또 사랑해야 한다는 것을 어린 나이에 직감적으로 알고 있는 것일까. 기침감기에 자주 걸려, 제 딴에 고통이 뭔지를 알아 반사적으로 '사랑'이란 말을 좋아하는 것일까. 나는 생애 한 번도 '무척 사랑한다'는 신기한 조합의 말을 들어본 적이 없다. 어린 영혼이 이 세상을 호기심 어린 눈으로 보기 시작할 때, 아이가 사랑하는 어머니의 어머니인 나를 그렇게 보는 것에 감격하는 것이다.

나는 어딘지 나를 닮은 하나뿐인 딸의 손을 잡고 걸을 때 행복하다. 서툴고 조금 엉터리 멘토이지만 친구 같은 엄마와, 어리게만 보이는 제자 같은 딸. 그 둘이 함께라면 어떤 인생의 위태한 파도도 이겨 낼 것 같은 마음이 든다. 딸의 하나뿐인 아들인 아이가 어머니를 거쳐 할머니를 무척 사랑한다는 말을 하는 것은 하늘의 선물처럼 느껴진다.

방학 때면 아이는 며칠간 집에 온다. 나도 어릴 때 해남의 산 밑 외할머니 집에 가곤 했다. 나는 아이가 집에 오면 마음이 바쁘다. 어떻게 하면 이 꼬마 신사에게 세상이 광대하고 볼 것도 많고 알아야 할 것도 많다는 것을 보여 줄 수 있을까. 박물관이나 미술관을 순례하기도 하고, 아이가 감독을 맡은 연극놀이도 한다. 아이의 부모는 방에 앉아 연극이 시작하기를 기다리고, 꼬마 감독은 문 뒤나 구석진 곳에 숨는다. 어른들이 빨리 나오라고 하면 원래 감독은 나오지 않는 것이라고 말하며 할아버지 보고 연기를 하라고 한다. 할아버지는 아이가 가르쳐 준 대로 엉성한 춤 동작을 한다. 어른들은 웃기로 작정한 사람처럼 깔깔, 하하 웃음을 터뜨린다. 놀이가 끝나면 수고했다고 선물을 주기도 한다. 집으로 돌아갈 때는 아이가 획득한 선물이 양손에 쥐어져 있다. 아이는 종이 팩에 가득한 선물을 이 층에서 내려올 때도 손에 꼭 들고 내려오고, 차에 올라탈 때도 무슨 보물처럼 손에 꼭 들고 탄다. 오랜 세월 동안 투병하며 궤도에서 이탈된 음지에서 살아온 나에게 아이가 펼쳐 놓은 세계는 마법처럼 신기하고, '사는 것이 기쁘구나.' 하는 감탄이 절로 터져 나오게 한다.

내가 아이와 있을 때 가장 즐겁게 느끼는 순간은 아이와 주고받는 말과 그 울림이 나에게 되돌아올 때이다. 아이는 이 세상을 처음으로 보고 느끼고 기억하는 말을 하고, 이 세상을 통괄적이고 전체적으로 보는 할머니는 아이의 나이로 돌아가 말을 한다.

어제 꿈꾸었어?

응.

무슨 꿈?

괴물 나오는 것.

꿈에 몇 사람 만났어?

천 명!

아앗!

아이의 말이 엉뚱하고 맑아서 내 속의 굳은 생각이나 습관이 절로 풀어지는 것 같다. 이제 세상의 사물을 막 익혀 가는 아이와는 서로 자극을 주고 깨우쳐 주는 관계 같다.

아이가 어릴 때 나는 발음하기 쉬운 것부터 되풀이해서 말해 주곤 했다. 아이 눈에 서서히 보이기 시작하는 풍경과 사물을 가리키면서 이것은 감나무, 저것은 민들레, 하고 말해 주었다. 어느 날 나는 문을 가리면서, 문, 문, 하고 말했다. 그러자 아이는 무우우…… 무우우…… 하고 말했다. 나는 다시 되풀이해 말했고, 아이는 몇 번 따라서 한 뒤에 비로소 문, 하고 말했다. 가슴을 촉촉하게 적셔 주는, 새로 탄생한 것 같은 문이라는 말…… 이때의 희열과 감격이라니!

이 세상의 수많은 문을 거쳐 하늘 문을 바라보는 나와, 이제 자신이 스스로 열어야 할 문 앞에 서 있는 아이는 하나의 둥근 원처럼 혼이 이어져 있고, 숨결이 비슷한 것 같다.

　딸이 지금의 손자만 할 때 나는 마음의 중심을 잡지 못하고 헤매고 다녔다. 내 앞에 닥친 일들을 어떻게 풀어 나가야 할지 여러 길들 앞에서 당황했다.

　남편이 스위스 국경도시 바젤로 유학을 떠난 뒤에 나는 세 살 난 딸을 데리고 일 년 뒤에 갔다. 독문과를 나왔지만 스위스 산골에서 쓰는 독일어 방언은 알아들을 수가 없어서 입도 벙긋할 수 없었다. 남편은 논문을 준비하느라 정신이 없었다. 그는 자신의 꿈을 이루기 위해 학문의 미로 속에 파묻혀 살았다. 바젤의 썰렁한 날씨는 우울한 잿빛이고 가랑비가 자주 내렸다. 길도 집도 허공도 습기로 차 있어 따뜻한 곳이 그리웠다. 어떤 날엔 아이를 데리고 사람들이 웅성거리는 역으로 가 모스크바나 빈으로 막 떠나려는 기차를 아련히 바라보았다. 날씨는 새로운 삶을 더듬게 했지만 막연했다. 이국의 낯선 곳에서 중압감에 길을 잃어버린 듯했다. 막막했고, 다시 한국으로 돌아가고 싶었다.

어느 날 저녁, 나는 한국에서처럼 습관적으로 딸을 데리고 집을 나와 바젤 변두리 지역인 리헨으로 가는 전차를 타고 종점에서 내렸다. 사방은 캄캄하고 꽤 큰 공원이 가까이에 있었다. 나는 딸의 손을 잡고 어두운 공원을 헤매고 다녔다. 그때 어린 딸도 말이 통하지 않아 힘들었을 것이다. 나의 마음이 흔들려서 아이의 아픔을 바라보기만 했다. 그 젊은 날의 나처럼 딸도 지금 정신적 방황을 하고 있는지 모른다.

과천 말축제의 학습 체험장에 참석한 아이가 작은 두루마리에 쓴 것을 나에게 선물했다. 두루마리를 펴는 순간 내가 찾고 있는 답이 담겨 있는 듯했다.

지금이 너무너무 좋아서
지금이 행복해서

아이는 어릴 때부터 기침감기를 달고 살아 기관지가 약해 늘 목수건을 두르고 다녔다. 아픔 속에서 산다는 것이 무엇인지 어렴풋이 느껴져 지금 이 순간이 '금' 중에서 제

41

일 좋은 '금'이라고 조숙하게 생각하는 것일까. 꽃과 별과 달과 해님이 있는 이 세계가 바로 기쁨이고, 새로운 사물을 하나하나 알아 가는 지금 이 순간이 아이 눈엔 경이로워 보일 것이다.

가을, 과천 말축제의 마지막 날이었다. 나는 딸네 식구와 같이 음악밴드 연주가 울려 퍼지는 노천식당의 간이의자에 앉아 홍합과 빈대떡을 먹고 있었다. 저쪽에선 어두운 하늘로 아이들이 쏘아 올린 장난감 불빛이 여기저기서 반짝거리고 있었다. 너도 가서 놀아, 하고 나는 옆에 앉아 있는 아이에게 말했다.

날개가 있어야 하는데, 땅에서 몸통만 주웠어요. 아빠가 안 사 줘요.

아이는 손에 쥐고 있는 몸통을 보여 주며 시무룩한 얼굴로 힘없이 말했다. 날개? 날개라고? 내가 날개가 되어 줄게. 높은 곳으로, 더 높은 곳으로 훨훨 날아다니렴. 나는 속으로 혼잣말했다. 장난감을 어둑한 땅에서 주워 꼭 들고 다니는 아이의 간절한 마음에 가슴이 뭉클했다. 원하는 대로

다 해 주면 절제력이 없어질까 봐 안 사 주는지 모른다. 하루만 지나면 싫증을 낼지 모르기 때문일까.

나는 아이의 손을 잡고 어둠침침한 곳에서 물건을 팔고 있는 아저씨한테로 가 장난감을 사 주었다. 아이는 뿌듯한 얼굴로 고무줄 새총에다 하늘팽이를 대고 힘껏 잡아당겼다. 밤하늘로 날개 같은 팔랑개비가 반짝거리며 뱅글뱅글 돌며 높이 올라갔다 떨어진다. 다른 아이들도 여기저기서 쏘아 올린다. 불빛이 여기서 번쩍 저기서 번쩍, 올라갔다 내려갔다 한다. 적은 돈으로 이렇게 뚝딱 요술방망이 같은 시간을 만들 수가 있다니!

조금 있다 축제의 마지막을 장식하는 폭죽이 터졌다. 은빛, 금빛, 찬란한 무지갯빛 별들이 어두운 하늘에서 춤추듯 내려온다. 폭죽이 터질 때 바라는 소원은 이루어진다고 했던가. 나는 무엇이든, 날개 같은 것으로 아이의 푸른 꿈의 세계를 채워 주고 싶은 마음을 하늘의 별빛 속으로 날려 보냈다.

아름다운 유산

가을이 깊어 가고 있다. 주위의 잿빛 풍경이 가슴을 누를수록 반사적으로 환한 것, 따스한 것을 그리워한다. 동네의 은행나무 길은 온통 노란 세상이다. 외등 불빛에 반짝이는 잎들은 환하게 불을 켜는 듯하고, 침침한 의식은 몸 밖으로 달아나는 것 같다. 저녁 한때의 이 아름다운 풍경은 마음 구석구석까지 비춰 주는 등불 같다.

살다 보면 밤하늘의 별빛처럼 가슴에 살아 있는 사람이 있다. 자신의 삶을 더 높은 곳으로, 더 빛나는 곳으로 나가게 해 주는 맑은 영혼의 등불 같은 사람이 있다. 남편의 스위스 유학시절에 만난 애거 교수가 바로 나에게는 그런 사람이다. 소설 『알프스 소녀 하이디』에 나오는 인자한 할아버지 같은 인상의 그는 열 개의 악기를 다루고 일곱 나라의 말을 한다. 명절이면 우리 가족을 산으로 둘러싸인, 눈이 많이 내리는 소도시 아인지델른의 집으로 초대했다. 그는 만날 때마다 뒤뜰에서 목관악기인 알펜호른을 불어 주었다. 자기 키보다 더 큰 악기를 두 손으로 잡고 집중해 연주하는 모습은 참 멋있었다. 스위스 목동의 노래, 추억을 불러일으키는 맑고 따스한 소리가 고요한 산과 언덕으로 멀리 퍼져 나갔다.

애거 교수는 새벽에 일어나면 그리스어로 성경을 읽고, 이렇게 기도한다고 한다.

"우리 가진 모든 것은 당신 손에서 나온 것입니다. 이 모든 것을 주신 것에 감사합니다. 우리 손과 발이 미치는 곳마다 평화가 있기를 간구합니다."

그는 해마다 한국 유학생을 자신의 집으로 초대했다. 언제인가 그 이유를 물었더니, 그의 아버지도 명절에는, 고향을 떠나 이국에서 사는 외로운 외국 사람을 집으로 초대했다고 한다. 아버지한테 물려받은 아름다운 유산遺産을 한국 유학생한테 뿌린 것이다. 그의 자녀들도 아버지의 빛나는 가풍을 이어갈 것이다. 주위에 평화의 씨앗을 뿌리는 삶, 어려운 사람한테 먼저 손을 내미는 용기와 실천하는 삶이 아름다운 향기를 풍긴다. 누군가는 그런 향기를 맡으며 그를 자신의 별로 삼을 것이다.

어느 해 성탄절에 초대를 받아 우리 가족은 스위스 국경도시 바젤에서 기차를 타고 아인지델른에 갔다. 먼 데서 그의 친척들도 와 있어 집 안은 축제 분위기였다. 실내엔 따스한 마음처럼 촛불이 타오르고 식탁엔 꽃이 있었다. 서로 인사하고 미리 준비해 간 선물을 교환했다. 눈에 둘러싸인 산골짜기 집의 불 켜진 거실이 한 폭의 따스한 풍경화 같았다.

다음 날 그의 집에서 가까운 바로크 양식의 수도원 대성당을 구경하러 가는 길이었다. 가는 도중에 아는 사람을 만나면 애거 교수는 발걸음을 멈추고 웃으며 짧게 인사했다. 또 얼마쯤 가다가 인사하고 웃으며 헤어졌다. 그를 아는 사람들은 모두 그를 존경하고, 그 또한 주변의 모든 사람들을 사랑하고 있는 것처럼 보였다. 작은 나라인데도 왜 스위스가 평화롭게 잘 사는지 피부로 느껴졌다. 한 나라나 한 마을은 그곳에 살고 있는 한 개인의 이웃에 대한 관심과 사랑만큼 발전하고 평화를 누릴 수 있지 않을까. 그는 밀실과 광장, 어느 한쪽에 치우치지 않고 이론과 행함이 조화를 이루는 실천적인 삶을 살아가고 있다. 그와 같은 사람이 살고 있는 이 나라가 부러웠다.

수도원 안은 스테인드글라스의 영롱한 빛을 받아 신비로웠다. 수도원 안을 가득 채운 색색의 빛 사이로 그림 속 크고 작은 천사들이 날아다니는 듯했다. 마침 미사 때라 수사들이 그레고리안 성가를 무반주로 부르며 찬양했다. 직접 신과 대화를 나누는 듯한 성스러운 음률이 빛 속에서 퍼져 나갔다.

수도원 도서관엔 그레고리안 성가 악보를 비롯해 라틴어 고서 등 수많은 책이 약 이십삼만 권 소장되어 있고, 수사들은 하루 세 시간 책을 읽는 것이 규칙이라고 했다. 황금빛 꽃무늬의 붉은 옷을 입고 있는 검은 마리아상을 구경하고 밖으로 나오자, 하늘의 별 같은 천사들이 잿빛 공중을 날아다니고 있는 듯했다.

며칠 전 어떤 이로부터 문자를 받았다.

– 가을 햇살이 고즈넉이 내리는 오후, 풀밭 벤치에 앉아 명상에 잠길 때 맨 먼저 떠오르는 너의 얼굴…… 이제사 감사함을 낙엽 위에 보내 드립니다.

이름 대신 이니셜이 적혀 있었는데, 누군지 생각이 나지 않았다. 수첩을 한참 뒤적거리고 나서야, 흐린 기억 속에서 떠오르는 얼굴이 있었다. 우리는 성숙을 위해 자극을 주고받는 관계였다. 보이지 않는 가운데 흘러가는 흐름이 있었고, 그 줄기를 따라가다 보면 변화하고 자유스러워질 것 같은 예감이 들었다. 침묵과 삶의 여운 속에서 세월이 흘러가고 있던 그 어느 때, 우리는 무슨 오해로 관계가 소원해졌다. 우리 모두는 깨어지기 쉬운 한 방울의 이슬 같은 존재. 사랑하는 사람들이 헤어지고 나면, 배신이나 허망, 또는 변심 같은 단 하나의 낱말로 그 관계를 요약할 수 있을 것이다.

이 가을, 등불 같은 사람을 만나기 위해 길을 떠난다.

불안 속의 먼동

아침에 일어나 거울을 보니 얼굴이 짝짝이다. 아! 비명
소리가 터져 나온다. 입은 비틀어져 있고, 혀는 자꾸 왼쪽
으로 쏠린다. 작아진 왼쪽 눈은 감기지 않고, 물을 마시면
흘러내린다. 간밤에 죽음이 가슴문으로 잠시 들어왔다 나
갔나 보다.

한의원에 가니 안면마비라고 한다. 늦은 봄비가 내리는
엊저녁, 식구들과 함께 동네 시민회관 뷔페에 가서 식사한
뒤 냉커피와 아이스크림을 먹었다. 건강 때문에 내게는 금
지된 '찬 것'을 오랜만에 먹어서 그런지 달콤했다. 그날 저

녁엔 잠이 안 와 새벽 세 시까지 몽그작거리다가 간신히 잠이 들었다. 잠시 이탈의 달콤함을 맛본 대가가 일그러진 얼굴이다. 내 병에 대해 사람들은 한마디씩 덧붙인다. 에어컨 쐬다가, 찬 바닥에서 자다가, 찬 벽을 보고 자다가, 불면증에 시달리다가 이 병에 걸린 사람들이 많다고 한다.

나는 매일 오후면 동네 한의원으로 침을 맞으러 갔다. 길 건너 낡은 오 층 아파트의 황폐한 뜰이 있는 외진 길, 고요한 길, 떠돌이 고양이들이 재빨리 사람을 피해 다니는 길로 걸어가면 이상하게 지금까지와는 다른 어떤 삶의 길로 들어서고 있다는 생각이 밀려온다.

길가 꽃밭엔 키가 크고 잎이 튼튼하게 잘 뻗은 용설란이 여기저기 당당하게 자리 잡고 있다. 잡초더미 속의 붉은 장미꽃은 볼 사람만 보라는 듯이 흐드러지게 피어 있고, 우거진 흰 찔레꽃은 걸음을 멈추게 한다. 나는 꽃나무들을 보며 비뚤어진 눈과 입이 빨리 낫게 해 달라고 읊조리며 걸어간다. 느릿한 걸음으로 걸어가면 누군가 정다운 사람이 함께하고 있는 듯하다.

갈색 떠돌이 고양이 두 마리가 사람 눈을 피해 재빨리 도주하는 모습이 보인다. 고양이가 걸음을 멈추고 슬픈 눈

길로 주위를 살피는 모습은 이 시대의 암울한 공기를 연상시킨다. 날이 춥고 음산하거나 비바람이 불 때면 고양이들은 야옹거리며 사랑해 줘, 하는 듯이 울부짖는다.

주택가에서 나와 이 시의 중심가인 공원 쪽으로 길을 건너면 '중동호흡기증후군'인 메르스 때문에 마스크를 쓴 사람들이 여기저기 눈에 띈다. 불안한 공기가 이 도시에 드리워져 있다. 사는 것이 무섭고 떨린다. 먼 곳, 아니 이 나라 군데군데까지 중동의 낙타 때문에 사람들은 두려운 그림자를 달고 걸어 다닌다. 이 년 전엔 아프리카 박쥐가 전염시키는 에볼라 때문에 부산 시민들이 두려움에 떨었다. 지구 온난화로 북극의 빙하는 녹고 사막화는 심해지고 자연은 계속 파괴되고 있다. 황폐한 자연은 인간에게 복수하고, 야생동물과의 접촉으로 새로운 바이러스는 계속 생겨나고 있다. 마스크를 쓴, 이 시대의 공기가 두려운 사람들은 자신의 그림자를 달고 인적 없는 거리를 지나 어디론지 쓸쓸하게 가고 있다.

수년 전, 우크라이나 수도 키예프에 남편이 열흘간 칼빈 세미나 강의를 하러 갔을 때였다. 러시아 문학을 좋아해 나도 따라갔었다. 새벽이면 닭 울음소리가 들리는 언덕의 학교 숙소에 묵었다. 수업이 없을 때는 키예프 시내 곳곳을 돌아다녔다. 길가의 낡은 오류 층 아파트는 때가 낀 듯하고, 거리에는 색이 바랜 노란 전차가 천천히 오갔다. 몸집이 크고 키가 큰 사람들이, 외부의 침략을 많이 받아 살기가 힘들어서 그랬는지 무표정한 얼굴로 사월의 거리를 오가고 있었다. 흰 수염을 한 정교회 사제들이 바람 부는 수도원 광장을 검은색 긴 옷자락을 날리며 걸어 다니는 모습이 눈에 띄었다. 갑자기 들려오는 맑고 길게 울려 퍼지는 종소리는 깨어나라고 호소하는 듯했다.

우크라이나 말은 악센트가 뚜렷해서 말이 올라갔다 내려갔다 리듬 있는 노래처럼 들렸다. 영적이고 정신적인 말이 흐느끼는 듯, 뭔가에 호소하는 듯했다. 허공에 얼굴을 돌리고 인생을 한탄하는 것처럼 보이기도 했다.

선명한 선홍빛 붉은 해가 유럽 동부의 키예프를 거대한 품으로 안은 듯이 내려다보고 있는 날이었다. 나는 안내하는 사모님을 따라 사람이 별로 없고 큰 개들이 어슬렁거리며 다니는 길을 지나 슈퍼에 갔다. 민물고기들이 너무 컸다. 나는 왜 이렇게 크냐고 물었다.

방사능에 오염돼서 민물고기가 커요. 1986년에 원전사고가 일어난 체르노빌과는 약 백삼십 킬로미터 떨어져 있는데, 인근 강에서 나는 민물고기는 먹을 수 없어요. 곡창지대지만 오염된 곡식을 수출할 수도 없고요. 이 사건으로 약 만 명 정도 죽었고, 수백만 명이 지금도 후유증을 앓고 있다고 해요. 방사능, 원전사고…… 다 인류의 재앙이죠.

사모님의 말끝에 내가 말했다.

일본 후쿠시마 원전사고로, 전에 좋아했던 일본산 생태는 이제 구경도 못 해요. 중국 동부 연안엔 우리나라를 마주 보고 원전이 많이 있다고 하잖아요. 만일에 무슨 사고라도 나서 방사선물질이 편서풍을 타고 날아오면 감당하기 힘들 거예요. 지금도 바람 타고 날아오는 미세먼지로 대기가 탁해 숨쉬기가 힘든데. 종말론적인 징후가 여기저기 생기고 있어요.

절망과 희망은 서로 안팎의 얼굴 아닌가요? 키예프는 정교회의 본산지라 어딘지 묵시론적인 데가 있어요. 우크라이나는 여러 나라의 침략을 받은 슬픈 민족이에요. 우리

나라와 어딘지 비슷해요. 새 하늘과 새 땅을 기다리는 민족이라고 할까요.

사모님의 슬픈 말은 우크라이나 말의 어두운 음조처럼 낮게 깔려 있었다. 비 온 뒤, 연둣빛 잎에 반짝거리는 햇빛을 보는 듯 무엇인가 기다리며 바라는 마음을 불러일으켰다. 오는 길에 장터에 들러 길가에서 꽃을 파는, 머리에 스카프를 두른 할머니한테 붉은 튤립 열 송이를 2흐리우냐, 그러니까 약 천 원을 주고 샀다.

메르스 때문인지 거리엔 어딘지 공포의 그늘이 깔려 있다. 마스크를 한 사람들은 얼굴을 숙이고 말없이 뚜벅뚜벅 걸어가고 있다. 배낭을 메고 큰 운동화를 신은 젊은이들이 전철역 쪽으로 성큼성큼 걸어가고, 큰 가방을 든 아줌마들이 한낮의 그림자를 달고 뭔가 궁리하고 있는 듯한 얼굴로 걸어가고 있다. 어디서, 무엇이 터질지 모르는 불안의 그늘이 따라다닌다. 중동에 다녀온 환자로부터 시작된 메르스는 점차 확산이 되고 있다. 언제까지 이 공포가 이어질지 아무도 알지 못한다. 누구의 책임일까. 책임이 있다면 그를 질책할 수 있을까. 하지만 이것은 책임의 문제가 아니다.

어느 순간 비뚤어져 버린 얼굴의 변형처럼 언제 어디서 검은 병마가 다가올지 두렵다. 얼굴의 왼쪽과 오른쪽의 불균형, 남쪽과 북쪽의 오랜 긴장감, 강대국인 섬나라와 대륙의 큰 나라에 둘러싸인 환경…… 어느 순간 무엇이 삶을 틀어 버릴지 몰라 편안한 날이 없다.

세월호 때는 이 나라 산야가 슬픈 한限의 그늘로 싸여 있었다. 그때는 눈물처럼 비가 자주 왔다. 지금은 내일을 알 수 없는 불확실한 두려움의 그늘을 달고 다닌다. 문득 스위스의 조각가 자코메티의 작품 같은, 손과 다리가 기다랗고 빼짝 마른 조상彫像들이 거리를 두리번거리며 사람들 사이로 걸어 다니는 듯하다. 그의 조각 형상들이 메마른 아스팔트 길 위를 큰 발로 성큼성큼 걸으며 쉴 만한 물가를 찾기 위해 배회하고 있는 것 같다. 나는 허공의 수상한 공기가 두렵다. 외로운 사람들은 더 외로워져 차디찬 방으로 들어가 울지도 모른다.

길을 가다가 문득 꿈틀거리는 기운을 느끼고 싶으면 정부과천청사 뒤쪽의 관악산 봉우리를 올려다본다. 오전과 오후의 햇빛에 따라 겹겹이 싸인 봉우리는 색깔과 모양이 달라진다. 하늘이 높고 맑을 때는 정기를 사방으로 뿜어 대고, 비 온 뒤 안개 속에선 꿈을 꾸듯 몽롱한 자태로 이 자그마한 시市를 품어 주고 있다. 먼동 틀 때의 봉우리는 뿌연 대기 속에서 사람들의 꿈이 어린 굳건한 형상처럼 보인다. 저 아래 사람들의 가슴에서 터져 나오는 간절한 말에 응답하듯 불그레한 형체를 조금씩 보여 주다가, 찬란하고 광대한 둥근 빛의 얼굴로 불쑥 나타난다.

어느 스산한 가을 저녁 지하철 안이었다. 주위를 둘러보니 사람들은 어디 단체로 초상집이라도 갔다 오는 것처럼 어두운 검은 옷을 입고 피곤한 얼굴로 자신의 우주 같은 작은 손기계에 열중하고 있었다. 혼자서 뭐라고 중얼거리는 사람, 빙긋이 웃는 사람, 이어폰을 꽂고 고개를 까닥이는 사람……

기계와 친구처럼 지내고 있는 인간이 순간 낯선 외계인처럼 느껴졌다. 노르웨이 화가 뭉크의 작품 「절규」의 비명 소리가 퍼져 나가는 듯했다.

「절규」는 어느 순간 엄습한 삶의 공포감을 그린 그림이다. 얼굴이 해골처럼 마른 인간이 핏빛으로 물든 석양 녘을 걸어가다가 난간에 기대서 두려움에 떨고 있는데, 갑자기 어디선가 비명소리가 들려온다. 아! 무서워! 무서워!

어두워 가는 주위를 향해 지르는 비명은 아마도 사는 것이 무서워, 하는 외마디 절규일 것이다. 몇 번이나 의사의 입에서 암이요, 재발이요, 또 재발이요, 하는 아찔한 절망의 말을 들었던 나는, 불안과 두려움이 세포 속으로 들어와 어느새 피와 살이 되어 버린 것 같다. 정말 내일 무슨 일이 일어날지 모른다. 사는 것이 떨리고 떨린다.

달이 바뀌고 시간이 흘러가자 굳어진 근육이 풀어지고 , 비틀어진 입이 제자리를 찾고, 감기지 않던 눈은 활짝 떠졌다. 처음 보는 세상처럼 호기심 어린 눈으로 사물을 본다. 무슨 말 하려고 할 때는 입 안에서 혀가 미리 올라갔다 내려갔다 하며, 이왕이면 뭔가 말 같은 말을 위해 춤을 춘다.

마지막 날 한의원에 가자, 무뚝뚝한 의사가 침을 놓기 전에 말했다.

처음에는 걱정했는데, 생각보다 빨리 정상으로 돌아왔어요.

집으로 돌아오는 길의 발걸음은 가벼웠다. 이 걸음 이대로 나만의 비밀 화원 같은 꽃밭으로 가 장미꽃을 꺾으리라. 한 송이는 일 층 아주머니에게 고추를 따서 함께 줘야겠다. 고추는 따면 딸수록 많이 열리는 것 같다. 아주머니는 나처럼 꽃밭을 좋아한다. 두 사람만 꽃밭의 변화를 알고 꽃의 향기에 행복해한다.

다음 날 아침 일찍, 이 층 베란다 통유리 문을 연다. 청계산이 눈에 확 들어온다. 산 뒤쪽에서 붉은 태양이 서서히 떠올라 어느새 하늘을 물들인다. 환하고 둥근 것의 생기와 하나가 된 듯한 순간, 아! 환희의 소리가 터져 나온다.

이제 두려움은 안녕!

의미 없는 걱정도 안녕!

대여섯 명 되는 우리 일행은 도봉산 전철역 플랫폼에서 뿌연 외등 불빛을 등지고 차를 기다리고 있었다. 우리는 극작을 처음 배워 가며 작품을 완성한 아줌마 학생들이다. 아직 부족하지만 삼 개월에 작품 하나를 끝냈다는 뿌듯함이 있었다. 조금씩 서로를 알아 가던 때에 종강을 해서 아쉬움이 남았었는데, 오늘 다시 만날 기회를 만들어 선생님 집에서 모인 것이다. 희곡 한 편을 돌아가면서 읽고 평하고 각자 가지고 온 음식을 먹고 웃고 하다가, 막차 시간이 가까워 자리에서 일어난 것이다. 뭔가 이대로 헤어지기에는 일월의 겨울밤이 아쉬웠다.

동네 시민회관 강의실에서 일주일에 한 번 모여 두 시간 동안 강의 듣고 합평회하며 보낸 시간을 우리 모두는 그리워할 것이다. 빈 종이에 점 하나만 찍어 내도 된다고 선생은 말했다. 우리는 그 자유스러운 말에 힘을 얻어 썼는지 모른다.

집에 있으면 시간이 제멋대로 흘러가 버리는 식사 후의 어중간한 저녁 시간, 나무 길을 걸어 다른 공간에 앉아 다른 사람의 희곡 작품을 읽고 강의를 듣는 정신적 작업이 쾌감을 느끼게 했다. 식곤증이 밀려오면 커피를 한잔 마시곤 했는데 맛이 향긋했다. 연극을 배우는 이 시간이 무대 위의 인생살이 같은 삶을 살아가는 것 같다는 생각이 들었다. 강의가 끝나고 계곡가의 밤나무 길을 걸어가면, 친구 같은 밤풍경은 이제 너만의 세계 속으로 깊이 빠져 보라고 속삭여 주는 듯했다.

한 대의 전철이 지나갔다. 우리들은 뭔가 아쉬워 타지 않았다. 플랫폼의 희미한 불빛 아래 우리들은 무엇인가를 말하려다가 어둠 속에 흘러가는 침묵을 보듯 가만히 서 있었다. 싸한 밤공기가 가슴으로 스며들어 한기가 느껴졌다.

따뜻한 곳이 그리운 일월의 찬 밤이다.

그때 후배가 나에게 옆을 보라고 했다. 어두운 산 쪽을 끌려가듯 보고 있던 나는 얼굴을 돌렸다. 모자를 쓰고 두꺼운 외투를 입은 남자가 서 있었다. 선생님이었다. 아까 개표구에서 작별 인사를 했는데, 뭔지 아쉽고 서운해서 발길을 돌린 것이다. 그는 돌아서다가 우리가 갑자기 그리워 층계를 뛰어오르니 아직 떠나지 않았다고, 막차를 기다리고 있는 친구들이 바이올린 선율 울리는 그림 같았다고.

밤을 지나는 플랫폼의 정적, 떠나는 자들의 성급한 발걸음, 미처 하지 못한 말들이 떠돌고 있는 듯한 겨울밤의 찬 공기, 말과 말 사이에 흐르는 침묵…… 저쪽에서 막차는 점점 가까이 다가오고 있었다.

전철은 한적해서 우리들은 새들처럼 한 줄로 앉았다. 뿌연 창밖을 보고 있는데, 그가 우리를 향해 두 손을 올려 크게 하트를 그리는 모습이 눈에 들어왔다. 그리움의 풍경, 하얀 눈만 내리면 「닥터 지바고」의 한 장면 같다. 우리는 손을 흔들어 주었다. 그는 언젠가 강의시간에, 연극이란 말하면서 전달되면서 사라지는 것이라고 했다. 그 한계를 뛰어넘게, 연극은 보이게 해야 한다고. 영혼조차, 사랑하는 마음조차 몸짓과 표정으로 드러내야 한다고.

무대 위 연극처럼 곧 사라질 막차를 보며 그는 영혼과 사랑을 드러내듯, 그 순간 가슴의 말을 손으로 보여 주고 있었다. 어둠이 내려앉는 플랫폼의 정적, 미처 하지 못한 말들이 떠돌고 있는 것 같은 겨울밤의 찬 공기……

다음 날 선생님은 카톡방에 글을 올렸다.

- 친구들은 전깃줄 제비처럼 한 줄로 앉았다. 먼 길인데 다행이다. 도어가 닫히기 전에 소리를 질러야 했다. 내려! 가지 마! 널 가! 말을 못 하고 생각과는 다르게 하트를 그렸다. 크게 그렸다. 친구들이 손부채로 바람을 일으켰다.

막차는 서서히 움직이고, 꼬리에서 나오는 희미한 불빛을 보며 선생님은 어두운 플랫폼에서 나무가 바람에 흔들리듯 가지를 둥글게 들어 올린 채 목춤을 추었다고 한다. 전철은 빛과 그림자를 안고 점점 빠르게 멀어져 가고, 그는 춤을 멈추고 가지를 내려 돌아섰다고. 쓸쓸한 어둠을 안고 곧 사라질 하루와 헤어지는 아득한 여운 속에서 춤을 추던 선생님……

언젠가 그가 말했다. USB를 가지고 다니면서 오다가다 컴퓨터가 있는 서울역이나 용산역에서 잠깐 작업하기도 한다고. 사람들이 웅성이는 곳에서 그 장소만이 주는 기氣를 받아 몰입해 작업하는 그가 예술혼에 불타는 나그네처럼 느껴졌다.

우리는 생의 강물 따라 어디론가 흘러가고 있다. 그 사이사이 그리움도 흘러가고 있다. 만나고 헤어지고 하면서 삶의 무대는 다음 장으로 넘어간다. 또 다른 새로운 무대의 풍경, 그 빛과 환희와 슬픔의 흔적이 그림자처럼 따라다닌다.

어
머
니

남편의 공부가 끝나 귀국하자, 작은 집이라도 사기 위해
돈이 필요했다. 몸이 약한 오빠와 함께 시골에서 살기 위해
어머니가 이사한 지 얼마 안 되었을 때였다. 돈을 빌리기
위해 언니랑, 어머니가 살고 계시는 화순에 가기로 했다.
광주터미널에서 화순행 버스를 타고 한 시간쯤 가서, 버스
에서 내려 또 한참을 산이 있는 데로 걸어 들어갔다. 먼발
치에서 본 어머니의 집은 새로 수리했지만, 주위엔 적막한
산이 둘러 있고, 마을의 집들은 드문드문 떨어져 있어 을씨
년스러웠다. 집 주위엔 가깝고 먼 산들이 황량한 마을과 들

판을 지키고 있었다.

우리는 반쯤 열려 있는 사립문을 열고 안으로 들어갔다. 꽤 큰, 텅 비어 있는 마당이 어머니의 쓸쓸한 삶을 보여 주는 듯했다. 어머니는 마루에 홀로 앉아 앞을 보는 둥 마는 둥 무언가 기억 속을 헤매는 얼굴로 허공 어딘가를 보고 계셨다.

엄마!

나의 목이 메는 목소리에 어머니가 얼굴을 돌렸다. 순간 얼굴이 환해지셨다.

아침에 천장에서 큰 거미가 내려와, 오늘 무슨 좋은 일이 일어날 줄 알았지, 뭐냐. 너희들이 올 줄 알았어.

어머니의 기다림, 그 한없는 기다림…… 인생이 이렇게 고독할 수가 있다니! 나는 어머니의 든든한 기둥 같은 돈을 빌리러 온 것이다. 나는 자신이 부끄러워 눈물이 났다. 어머니 눈에는 반가워서 눈물이 고여 있었지만, 나는 죄인으로 어머니 품에 안겨 울었다.

나는 눈물을 훔치고 뒤뜰로 가 큰 장독 뚜껑을 열어 보았다. 지난 명절에 드린 굴비가 그대로 있었다. 자식들을 생각하며 손도 대지 않은 것이다. 기다림과 인내와 희생을 상징하고 있는 듯한 말라빠진 굴비가 나는 원망스러웠다. 무언가를 기다리고 또 기다리는, 각자 자기 살기에 바쁜 자식들을 그리워하며 기다리는 어머니의 인생. 나는 어머니의 그 허무한 인생이 슬펐다.

버지니아 울프는, 시간과 에너지와 능력을 끝없이 분산시키는 '집안천사'를 자신의 삶 속에서 일찍이 죽여 버렸다. 결혼한 여자는 그 대책 없는 천사 때문에 자신이 바라는 삶에서 멀어진다고 말했다. 난 앞으로 내 삶에서 '집안천사'의 부속품 같은 '굴비'를 하나하나 없애 버리겠다고 엄마의 장독대 앞에서 결심했다.

어머니는 만년에 들어 아버지에게 냉랭하게 대했다. 지난날의 회한과 고통 때문이었을까.

아버지는 자수성가해 부富를 이루셨다. 남자가 돈이 많거나 권력이나 명예가 있으면 여자가 따른다고 했다. 아버지 주위엔 여자가 여기저기 있었다. 두 분은 여자 문제로 자주 싸웠다. 아버지가 만나는 여자가 이리에 살면 이리 미친년이, 군산에 살면 군산 미친년이 되었다.

사방이 어둑어둑해질 무렵 바닷바람이라도 불어 대면

마음은 뒤숭숭해지고 갑자기 사는 것이 허망하고 어디라도 획 떠나고 싶은 심정이 된다. 어디선가 들려오는 목멘 선창가 유행가 소리는 한恨으로 뜨거운 가슴을 식히고 싶은 유혹이 들게 한다.

이때쯤 어머니의 얼굴빛은 평상시와 달리 보였다. 집 앞 바다를 바라보는 눈빛은 처연하면서도 뭔가 속에서 꿈틀거리는 욕망의 그늘에 싸여 있는 듯했다. 밀려오는 어둠 속에서 허무의 그늘도 짙어질 무렵, 어머니의 얼굴엔 갑자기 생기가 돌았다. 어머니는 저녁외출을 준비했다.

어머니는 어디 먼 데 가려는 사람처럼 쓸쓸한 그림자를 달고 자신 속의 그 무엇에 취해 걸어갔다. 나는 어머니를 따라 낮과는 다른 저녁거리 풍경을 호기심 어린 눈으로 보며 걸어갔다.

밤바람 속 어머니의 저녁나들이는 한마디로 돈을 풀어버리는 것이었다. 애정에 굶주린 시절을 보낸 어머니는 배운 것도 없고, 돈, 돈뿐이었다.

목포극장에서 큰 시장 쪽으로 가면 길가에 뜨개질 방이 있었다. 어머니는 그곳에 들러 식구 수대로 스웨터를 맞췄다. 어떤 날은 구두를 사고, 어떤 날은 양장점에 들러 칼라가 널따란 해군복 상의와 주름치마를 여동생 것과 함께 맞춰 주었다. 행인들은 바닷바람이 스치는 어두운 거리를 오가고, 유달산의 검은 형체는 낮보다 더 가깝게 다가와 생의 비밀을 들려주는 듯했다. 돌아오는 길엔 역 앞 희미한 불빛 아래 정물화처럼 앉아 있는 아줌마들이 과일을 파는 상점에 들렀다. 과일을 사고 난 뒤엔 건너편 수입상가에 가 생필품과 먹을 것을 몽땅 샀다. 옆에 어린 딸이 있는 것도 잊어버리고, 속고 배신당한 삶의 어떤 몫을 채우기 위해, 뜨거운 한의 다발을 풀어 버리기 위해 헤매고 다녔다.

어머니의 저녁나들이는 가슴에 쌓인 상처를 잘게 쪼개 어둠 속으로 풀어 보내는 제의祭儀와 같았다. 무언가에 미치지 않으면 쓰러져 죽을 것 같은 그 절망의 검은 덩어리 때문에 쇼핑에 깊이 빠졌던 것일까.

어머니의 자식들에 대한 광적인 사랑도 허한 생의 탈출구였을 것이다. 자식들도 감당하기 어려운 그 무거운 사랑. 사랑이라고 부르기 어려운 히스테리컬한 에너지를 어린 자식들의 심장을 향해 쏘아 버리면 우리는 비틀거렸다.

일찍이 우리 남매는 서울에서 학교를 다녔다. 서울 청파동 집엔 일을 돕는 애가 있었지만 식사는 그리 신경 쓰지 않았다. 어떤 날은 김치도 없이 콩나물 반찬 하나만 덜렁 밥상에 올라올 때도 있었고, 어떤 날은 우리끼리 어머니가 사 주고 간 라면으로 한 끼를 때우기도 했다. 일하는 애는 시간만 나면 소설책을 읽었다.

우리는 어머니의 위태한 사랑에 치여 혼돈과 막막함 속에서 살아갔다. 단백질이 뭔지, 비타민이 뭔지, 무얼 먹어야 하는지 아무것도 모르고, 어린 영혼들은 방황하며 고달프게 살아갔다. 애정에 굶주린 채 낯선 도시, 소외의 그늘 속에서 외롭게 각자의 인생을 살아갔다. 남동생은 '고생 보따리'라고 커다랗게 쓴 가방을 들고 초등학교에 다녔고, 고등학생이었던 나는 학교 생활에 적응하지 못하고 몽상에 잠겨 감옥 같은 삶을 보냈다. 첼로 하는 여동생은 점점 말이 없어졌고, 오빠는 다락방에서 칩거했다. 미술대학에 다니는 언니는 전위적인 삶을 시도하며 신음 속에서 살아갔다.

삶이란 자신의 한계와 싸우면서, 건강해야 꿈을 이룰 수 있는 전쟁터 같은 것이다. 우리는 그 전쟁에서 건강하게 살아갈 수 있는 지혜와 습관을 배우지 못했다. 그저 공부 아니면 공상과 상상의 세계에 빠져 살았다.

어머니는 딸들이 미술, 음악을 하도록 힘껏 밀어주었다. 아버지 몰래 생활비를 마련해 와서는 그걸 정신없이 푼 뒤 밤기차로 목포로 내려가셨다. 야간열차에 곤한 몸을 싣고, 사랑 때문에 낮아지신 어머니는 밤의 어둠 속으로 사라지셨다. 차창 밖으로 흔들어 대는 작은 손은 점점 희미해져 곧 어둠 속으로 사라지곤 했다. 사랑과 희생의 표징 같은 그때의 그 아득한 손, 영원히 잊지 못할 어머니 손⋯⋯

　이제 나는 거울 속의 주름진 나의 얼굴을 통해 어머니의 얼굴을 본다. 나의 딸에 대한 희망을 통해 어머니가 우리에게 바랐던 것이 무엇인지 알아 가고 있다.

시
간
과

인
생

소설 『시간을 정복한 남자, 류비셰프』는 러시아의 과학자 류비셰프라는 실제 인물을 형상화한 소설이다.

1926년 1월 1일, 류비셰프는 시간을 철저히 관리하기로 결심한다. 자신의 가능성을 최대한 살리기 위하여 '시간통계법'을 사용해 얼마나 쓰고, 읽고, 일할 수 있는가를 기록하기 시작한다.

　곤충 분류학 - 3시간 15분

　나방을 감정함 - 20분

　보충 업무 - 2시간 25분

그는 그날그날 얼마나 일했는지 기본 업무 총계를 냈다. 짤막한 명세서처럼 그날 한 일들과 휴식, 독서, 산책 등이 몇 시간 걸렸다는 것을 적었다. 고독하지만 시간을 통제해 사용했으므로, 언제나 시간적 여유가 있었다. 기록을 통해 흘러가는 시간을 볼 수도 있고 만질 수도 있었다.

잠은 열 시간가량 잤으며, 생물학, 곤충학, 철학, 문학, 역사 등 다방면에 정통해 칠십 여 권의 학술서적을 냈고, 편지는 무려 이백팔십여 통이나 썼다. 생명이란 시간으로 구성되어 있고, 생명이 그 시간 속에 있기 때문에 모든 시간을 따져야 한다고 생각했다.

그는 여든두 살에 세상을 떠나기까지 오십육 년간 매일매일 인내와 의지 속에서 살아 있는 목숨을 대하듯 끈질기게 시간 관리를 하였다. 시간 속의 자신을 연구하고 시험하면서, 자신의 이상을 향해 요구의 기준을 점점 높여 나갔다. 자신의 생명을 사랑하듯 시간을 사랑하고 창조함으로써 유한한 자신의 삶과 시간을 영원을 향해 확장해 나갔다.

흘러가는 세월 속에서 존경하는 인물들, 사랑하는 사람들, 본받을 대상들이 끊임없이 바뀌었다. 변하고 또 변하라는, 괴테의 말처럼 그 자신 끊임없이 변해 갔다. 차츰 이러이러한 사람으로 '되어 가고 있다'라고 변화의 한가운데 있는 자신에게 말할 수 있었다.

독일의 수도자인 안젤름 그륀은 "우리가 어떤 일에 온전히 몰두해 있으면 시간과 영혼은 현재 이 순간에 만난다."라고 했다. 시간은 젖은 것을 쥐어짜듯 해야 한 방울씩 뚝뚝 떨어지는 것과 같다고 했다.

시간은 제 홀로 무심하게 흘러간다. 아니 가만히 있어도 바삐 흘러가는 시간의 소리가 들려오는 듯하다. 나이가 들수록 더 빨리 흘러가는 시간이 무섭고 잔인하게 느껴진다. 이 지상에 살아 있는 동안만 시간이 있다. 시간이 하나의 존재처럼 느껴진다.

나는 달아나는 시간을 잡아 두려는 듯 색색의 크고 작은 포스트잇에 그때그때 스치는 생각의 조각들을 메모해 벽에 붙이곤 한다. 책 속의 좋은 구절이나, 몸에 좋다는 식품이나, 돌고 돈다는 돈의 액수를 적어 놓기도 한다. 어느 때는 돈만 있으면 해결될 항목들이 유독 눈에 많이 들어오기도 한다. 뭘 해야 좋을지 막막할 때는 메모판 앞에 우두커니 서서 습관적으로 한참 들여다보곤 한다.

믿어라!

인내하라!

절제하라!

　고골의 소설 「외투」의 주인공은 베끼고 쓰고, 베끼고 쓰는 가운데 쾌락을 느낀다. 나는 책을 읽다가 빛처럼 스며드는 구절이 있으면 공책이나 메모지에 옮겨 적는다. 삶의 흔적 같은 메모를 쓰고 버리고 하는 사이사이, 잠깐잠깐 이현실 속의 나를 잊어버린다. 메모의 글귀를 통해 내 영은 자랐고, 삶은 조금씩 허물을 벗어 거울 속의 얼굴은 낯선 타인이 되어 나를 바라보지 않았던가. 그러면서 세월은 흘러간다.

　세월이 흘러갈수록 축제와 같았던 시간들이, 불꽃같았던 열정의 시간들이 가슴에 떨어져 쌓인다. 날들이 흘러가면, 지난 시간의 흔적인 메모지를 벽에서 떼어 쓰레기통에 버린다. 가슴에 그리움으로 남아 있는 추억이, 전화번호가, 꼭 갖고 싶었던 물건들이 날듯이 가볍게 떨어진다. 삶의 자취, 종이쪽지를 버릴 때는 무거운 짐을 내려놓은 듯 마음이 가뿐하다. 사고 쓰고 버리고 하는 사이에 시간은 비웃듯 사라져 버린다. 시간이 흘러 새로운 계절이 다가오면, 슬픈 의식은 깨어나 어딘지 밝은 기운이 흐르는 낯선 길에서 알지 못하는 길로 나간다. 비밀은 쌓이고, 돌아서는 사람의 찬 손은 그대로 가슴에 남아 있다.

흘러간 세월 뒤에 새로운 깨달음으로 무장한 나는 산적한 짐을 다시 등에 지고, 시간의 밀림 속으로 헤치고 들어간다. 점점 흐릿해져 가는 사물들의 이름, 향기로웠던 지난날의 추억과 기억, 사랑했던 사람의 말을 붙잡아 놓으려는 듯 다시 나는 무엇인가를 기록한다.

2
부

고
요
한 시
간
을 찾
아
서

2012. Ch. m. Lee.

저녁의 동네 벤치는 나만의 휴식 공간이다. 투우장의 소가 싸우다 지치
면 사람들에게 보이지 않는 장소로 가서 한숨 돌리고 힘을 얻어 다시
일어서는 장소가 케렌시아이다. 나에겐 위태한 투우장처럼 느껴지는 길
에서 절뚝거리며 한 걸음 한 걸음 걸어 넘어지지 않고 지금 벤치에 앉
아 있다는 것이, 살아 있다는 것이 기적처럼 느껴진다. 케렌시아 같은
고요한 장소에서 내 속 깊은 데서 터져 나오는 참았던 말들, 아픈 마음
을 들어 주고 다독여 주다가 온몸이 평안해지면 자리에서 일어난다.

바
람
의

항
구

재발입니다!

의사의 무섭고 섬뜩한 말이 순간 나를 결박시켰다. 또 수술이라니! 직장암 수술한 지 삼 년쯤 지났을 때였다. 요양소에 다니며 투병 중인데, 무릎의 거대세포종양이 다시 재발한 것이다. 수술 후에는 무거운 다리로 한 걸음씩 다시 걷는 연습을 되풀이해야만 한다. 비참해지지 않기 위해서 연습하고 또 연습해야만 한다.

내가 믿고 사랑하는 신의 손길은 어디에도 없었다. 그를 뒤따르는 대가가 너무 잔인하고 혹독했다. 며칠간 이불을 뒤집어쓰고 흐느꼈다.

요양소 다닐 때였다. 절뚝거리며 길에서 길로 읊조리며 다녔다. 버리시나이까? 도와주세요. 무릎의 통증은 조금씩 더 심해졌다. 어머니는 생전에 절뚝거리며 집에 오시곤 했는데, 나도 절뚝거리며 딸네 집을 찾아가곤 한다.

어느 날 용기를 내 병원에 갔다. 의사는 미안한 듯 난처한 얼굴로 종양이 더 퍼지기 전에 빨리 수술을 해야 한다고 했다.

요양소에서 머물던 어느 날 미술치료 시간이었다. 하루는 밖에서 진행을 했는데, 남자 선생은 찰흙 덩이로 무엇이든 만들고 싶은 것을 빚으면서 자신을 옥죄는 것을 다 털어 버리라고 말했다.

환우들은 생명의 기氣를 느낄 수 있는 부드러운 흙을 만지작거리다 몰두해 곧 무언가를 빚기 시작했다. 나는 예수 옆에다 베다니의 자매 중 동생 마리아를 찰흙으로 빚어 옷자락이 살짝 닿도록 붙여 놓았다. 앉아 있는 모습이 아니라, 일어나서 걷는 모습을 표현하려는데 다리가 가늘어 자꾸 쓰러졌다. 나는 찰흙을 계속 짧은 다리에다 덧붙였다. 드디어 앞을 향해 두 팔을 흔들며 더 넓은 세계를 향해 나아가고 있는 두 사람의 형상이 완성되었다. 팔은 길고 다리는 짧았지만, 내 눈에는 나의 상상 속에서 늘 빛나던 그 환영의 모습이었다. 더 넓은 곳, 더 높은 곳으로 가고자 하는 열망이 슬픈 현실 속에서 구체적으로 빚어진 형상인 것이다.

어린 시절, 집만 나서면 섬과 바다가 보였다. 저 바다 끝에는 어떤 세상이 있는지 아직 가 보지 못한 땅에 대한 그리움이 쌓여 갔다. 그리움은 꿈이 되었고, 꿈은 몸속 구석구석으로 퍼져 피와 살이 되어 나를 만들어 갔다. 바다에서 비롯한 꿈은 이제 나의 삶의 푯대가 되어 버린 것이다.

예수께서 한 마을에 들어가시자 마르다라는 여인이 자기 집으로 이끌어 영접했다. 그녀에겐 마리아라는 동생이 있었는데, 마리아는 언니와 달리 부엌에 나가 일하지 않고 예수 앞에 앉아 진리의 말을 경청했다. 자신이 선택한 일에 몰입하는 아름다운 마리아가 시공을 떠나 나의 혼을 끌어당긴다. 영적인 스승을 만난 것이다. 어느 때부터였을까? 상상 속의 그녀는 자리에서 벌떡 일어나 자석에 이끌린 듯 밖으로 나가시는 그분을 따라 걸어가기 시작한다. 나도 뒤

따르기 시작한다. 마리아가 서 있던 자리에 어느새 내가 서서 걸어가고 있다. 아마 잘 걷는 것이 꿈이기 때문인지 모른다. 믿음의 환상은 꿈을 먹고 자란다. 이천 년 전의 마리아가 나를 용기 있고 실천하는 여인으로, 또 속도와 변화의 시대로 이끌고 가는 듯하다. 시대의 인습이나 굴레를 벗어던지고 미지의 새 나라를 향한 염원의 바람에 싸여 걸어간다. 피와 살이 되어 버린 계시 같은 이 환영은 현실 속에서 뿌리를 내려 푸른 싹이 자라고 무성한 잎들이 피어나고 있다.

나는 돌아다니기를 좋아했다. 어린 시절 학교에 갔다 오면 가방을 팽개치고 선창가 집에서 나와 바닷가를 헤매고 다녔다. 무채색 치마를 입은 어머니는 앞마당에 서서 뿌듯한 얼굴로, 그런 딸의 뒷모습을 바라보곤 했다. 너는 걷고 걸어서 더 넓은 세상에서 운명을 개척하며 꿈을 활짝 펴고 살아가렴, 하는 염원의 말을 갯바람에 흘려보내곤 했으리라.

지금도 병원에 가기 위해 길을 걷다 보면 문득 고향의 바닷바람이 그립고, 바닷새들이 파닥거리는 듯한 환영이 스친다. 고향 친구를 만나면 그녀의 얼굴에서 하얀 물새들이 파닥거리고 있는 듯하다. 바다 냄새, 어디로 떠나고 돌아오는 사람들의 설레는 발걸음들, 바다 너머 섬들의 유혹하는 듯한 손짓과 물새들…… 삶이 곤고할 때 나는 습관적으로 자신에게 말하곤 한다. 곧 항구로, 희망과 바람의 먼 항구로 떠날 거라고.

스위스 바젤에서 오 년간 살 때는 중세풍의 고즈넉한 거리를 헤매고 다녔다. 그럴 때면 갑자기 고향 항구의 짭조름한 바닷바람이 허한 가슴으로 불어닥치는 듯했다. 고향 항구의 바닷새들이 적막한 낯선 거리에 생기를 불어넣어 주는 듯했다. 날이 흐리고 비가 자주 오다 그치다 하는 음울한 날씨 때문에 솟구치는 것은 그리움이었다. 바람은 어디에서 불어와 어디로 흘러가는가. 지금 나의 발걸음은 어디로 향하고 있는 것일까. 낯선 중세풍의 거리에서 솟구치는 자신의 존재에 대한 의문과 누군가 나를 부르고 있는 듯한 환청. 뒤돌아보면 텅 빈 이국의 스산한 거리 풍경이 가슴을 후볐다.

두 가지의 병을 떠안고 투병하는 날들은 황폐한 땅에서 출구가 없는 밀실에 갇혀 있는 것 같다. 어두운 영들이 내 자신을 시험하는 듯한 유혹의 두려움에 시달리곤 한다. 정말 버리시나이까? 낮의 헐떡거림이 잔잔해지고 밤이면 또 다른 새로운 고통이 밀려온다. 온몸이 조이고 가슴에선 슬픔이 샘물처럼 흘러나온다. 고통은 이 미약한 존재에게 무엇을 원하는 것일까. 죽음일까, 희망일까. 이 땅에서 빛이 무엇이라는 것을 알기 위한 지난한 훈련 과정일까. 어둠은 깊어 가고, 낮 동안의 무거운 순간들이 신음으로 터져 나온다. 육체와 정신이 고통에 포위되어 깊이를 모를 심연 속으로 떨어져 내린다.

죽음과 함께 산다는 것은 신과 천사와 악령의 한판 싸움의 시작인지 모른다. 병과의 싸움은 자신의 한계를 찢는 치열한 전쟁, 그 와중에도 벌떡 자리에서 일어선 마리아처럼 삶의 용기와 의지와 행동으로 맞서야 한다. 힘없는 인간이 취해야 할 삶의 잔인한 탈출구인 것이다. 먼바다를 가려는 사람처럼 설레는 마음으로 다시 일어선다. 승리의 깃발이 나부끼는 저 미지의 항구가 손짓하고 있는 것 같다.

소망의 항구에 도착하고 싶은 갈망으로 한 걸음을 내딛는다. 또다시 거센 파도를 물리치려는 마음으로 두 걸음을 내딛는다. 십자가 그분의 옷자락이 사그락거리며 스치기도 한다. 마리아의 환영 속에서 새로운 피조물로 태어날 것을 믿으며 따라간다. 바닥으로 떨어졌다가 일어서고 또 떨어졌다가 다시 일어서서 걸어간다. 폭풍에 넘어질 듯 넘어질 듯하면서 가다 보면 여기저기서 영혼이 깨어나기 시작한다. 이른 아침 먼동의 불그레한 빛 아래에서 어디든 소망하며 걸어가는 환상은 이 뼈 저 뼈에 생기로 차오른다.

암으로 수술하기 전에는 습관적으로 "영광을 드립니다." 말하곤 했다. 그러던 어느 날이었다. 갑자기 사는 것이 답답하고 그날이 그날 같고, 뭔가 새로운 것으로 채우고 싶은 열망이 솟구쳐 올랐다. 아침이면 이불을 개고 저녁이 되면 다시 펴고 하는 날이 가면 후딱 다음 날이 온다. 단단하고 허망한 뭉치 같은 것이 가슴속에 굴러다니는 듯했다. 허무한 마음에 중심을 놓아 버리고, 이탈자가 되기로 작정한 사람처럼 낯선 곳으로 발길을 돌렸다.

끝없이 나락으로 떨어지고 있던 어느 날이었다. 자신이 비천하게 느껴질수록 높고 빛나는 존재에 대한 그리움이 차올랐다.

나는 딸이 기다리고 있는 집을 향해서 터벅터벅 걸어갔

다. 그때 갑자기 내 속에서 절망의 날개를 찢고 위로 불끈 솟구치는 기운이 느껴졌다. 온몸이 어두운 형체와 힘겹게 싸우고 있는데 순간 환하고 밝은 것이 들어오는 것 같았다. 지각변동이 일어나듯 어떤 새로운 인생에 대한 예감이 싱그러운 바람에 스치는 듯하다.

드디어 뭔가 환한 것이 꿈틀거리다가 위로 쑥 솟구쳐 올라온다. 갑자기 '영광'이라는 말이 새싹 돋아나듯 목구멍 밖으로 터져 나온다. 그 순간 영광이라는 말은 새로운 세포와 새로운 길에서 탄생한 새로운 말이었다. 새벽빛 붉은 해가 하늘을 물들이며 솟아오르는 듯 하나의 살아 있는 말이 나를 덮쳤다.

영광, 영광, 영광!

영광이라는 말이 새로운 옷을 입고 찾아온 것이다. 헬렌 켈러가 물을 처음으로 손으로 만졌을 때, 그 생명력으로 새로 태어났듯 건성으로 습관적으로 대하던 하나의 말이 내 속에서 새롭게 태어난 것이다. 고통의 대가로 하나의 말을 구한 것이다.

이제 바람의 항구를 향해 배를 저어 가리라는 마음이 차오른다. 더 광활한 곳, 더 높은 곳, 그 어디로 가는 그분 옆을 따라가고 있다. 산길을, 오솔길을 따라 걸으면 어느 순간엔 별빛 같은 빛들이 쏟아지는 듯하다. 또 어느 순간 흐느껴 울고 있으면 여인아 어찌하여 우는가? 하는 환청이 들리는 듯하다. 또 어느 때는 절망으로 불면으로 고생하며 신음할 때 누군가 주위에서 머뭇거리는 듯한 인기척이 나고 "너와 함께하고 있다."라는 말소리가 들리는 듯하다.

뼈와 근육은 신음하고 있지만, 환영이 현실이 된 길을 걸어간다. 한 걸음씩 나도 모르는 곳으로 나가다 광대한 지경에서 비상하는 한 마리 언약의 새가 된다.

자기만의 장소

나는 십 년 넘게 북한산 기슭의 대학원 안 숲속 관사에서 살았다. 집은 낡고 자그마했지만 넓은 뜰이 있었다. 갖가지 꽃나무들이 우거진 뜰은 아름다움과 경이감을 안겨주었다. 그러다 갑자기 남편의 직장 문제로 과천 관사로 이사하게 되었다.

그렇게 옮긴 아파트는 방의 창문이 높아서 거실에 나와야만 관악산의 둥근 해를 볼 수 있었다. 어쩐지 집이 허공에 떠 있는 듯하고, 익숙하고 포근한 땅 냄새는 맡을 수가 없었다. 넓은 교정에서 이웃의 개들과 자유롭게 뛰놀았던 초롱이와 나는 땅이 그리웠다. 우울한 마음은 깊어만 갔다.

나는 개를 데리고 자주 밖으로 나가 나만의 장소를 찾아 헤매기 시작했다. 있는 그대로의 나를 받아 줄 자연의 품을 찾아다녔다.

나만의 장소란 어디 먼 데 있는 것이 아니다. 산책하다가 나무그늘 아래 벤치에서 시집을 읽거나, 이 자그마한 도시를 감싸고 있는 관악산 겹겹의 산봉우리를 보며 내 속의 무거운 것들을 털어 버리면 되었다. 어느 순간 침묵과 몰아와 고요함 속에서 한 줄기 번뜩이는 생각이 스치면 되었다. 특히 저녁의 동네 벤치는 나만의 휴식 공간이다.

투우장의 소가 싸우다 지치면 사람들에게 보이지 않는 장소로 가서 한숨 돌리고 힘을 얻어 다시 일어서는 장소가 케렌시아이다. 나에겐 위태한 투우장처럼 느껴지는 길에서 절뚝거리며 한 걸음 한 걸음 걸어 넘어지지 않고 지금 벤치에 앉아 있다는 것이, 살아 있다는 것이 기적처럼 느껴진다. 케렌시아 같은 고요한 장소에서 내 속 깊은 데서 터져 나오는 참았던 말들, 아픈 마음을 들어 주고 다독여 주다가 온몸이 평안해지면 자리에서 일어난다.

언젠가 언니가 병원에서 전화했다.

나, 눈 때문에 병원에 왔다가 지금은 조용한 벤치에서 쉬고 있어. 본관 옆에서 왼쪽으로 가면, 숲 같은 데가 나오는데, 벤치가 네 개 있어. 거기에 누워 있어. 벤치에 누워 하늘을 보면, 내가 티끌 같아. 지금 여기가 바로 내 집이지. 라일락 향기, 늘어진 가지의 벚꽃이 좋아. 병원에 오면 여기 오곤 해. 사람은 자기만의 휴식 장소가 몇 군데는 있어야 해. 집에서 바로 산 넘으면 절인데, 요즘은 거기서 점심을 먹곤 해. 시래깃국에 김치야.

여행을 하다가 문득 외로울 때 언니한테 전화하고 싶은 마음이 드는데, 언니도 그런 심정이었나 보다. 조각가인 언니는 작업할 때는 무인도 같은 반지하 작업실에서 하루 종일 일하다가 몽롱한 얼굴로 일 층으로 올라온다. 한 집안의 어머니이자 아내이지만, 자신의 꿈인 예술을 위해 타인처럼 손님처럼 살고 있다. 지금은 작업이 끝난 휴식 기간인지 병원의 벤치에서 전화하고 있다. 순간적으로 하는 진솔한 말의 여운이 가슴에 오래 남는다. 때와 장소를 가리지 않고 자매가 불쑥 서로에게 전화하며 허망한 세월의 파도를 타고 삶의 고비를 힘겹게 넘어가고 있다.

낮에 아파트 거실에서 밖을 내다보면 관악산 가는 길에 등산객들이 지나다니는 모습이 보인다. 길옆 커다란 나무에 둘러싸여 있는 건너편 오 층 아파트의 작은 창들은 사람들이 주고받는 이야기를 듣는 듯하다. 저녁엔 작은 창들에서 꿈을 꾸는 듯한 희미한 불빛이 새어 나와 북유럽의 동화를 연상시키곤 한다.

그 아파트와 내가 사는 곳 사이엔 벚꽃나무 길이 있고, 우리 집 뒤엔 작은 어린이 놀이터가 있다. 그곳이 나만의 장소가 되었다. 외출했다가 집으로 돌아오는 늦은 저녁이면 나는 잠깐이라도 집 뒤 나만의 장소에 들러, 어둠 속에 잠겨 동네를 넓은 품으로 감싸고 있는 산자락을 보며 걷는다. 마음 깊은 곳엔 나만의 우물이 있다. 내가 소화할 수 없는 누군가의 날카로운 말이나 거친 태도가 우물에서 흘러나오는 괴로운 시간, 침묵과 포용의 산을 보며 어수선한 마음이 가라앉고 평온해지길 바란다. 하루 중에 이 짧은 시간은, 영원과 현실이 통하는 구멍이 무거운 몸 여기저기에 뚫려 새로이 깨어나는 시간이다.

주인밖에 모르는 초롱이는 아파트 생활을 견디지 못하고 삭막한 세상을 떠났다. 갑자기 혼자가 된 나는 개와 함께 다니던 길을 쏘다닌다. 슬픔은 어디서 흘러나오는지 가슴을 적시고 있다. 초롱이는 나에게 감당하기 어려운 정을 주고 가 버렸다. 비 오는 날에도 교정 입구에서 주인이 오길 기다렸던 초롱이. 늦은 교정을 산책할 때 따라다니며 호위하던 초롱이. 숲속에서 기다리고 있다가 먼발치에서 나를 알아보고 냅다 뛰어오던 초롱이가 그립다.

몇 개월을 우울하게 지내다 이번에는 작고 귀여운 하얀 몰티즈를 키우기로 했다. 이름은 늘 푸르게 희망 속에 살라고 푸르미. 푸르미는 적당히 거리를 유지하며, 감정을 드러내지 않고 자기중심적으로 살아가는 써늘한 공주과이다. 나는 속고 속아도 따뜻하고 정이 많은 사람이 좋은데, 푸르미는 주인과는 다른 행성에서 온 듯하다.

늦은 저녁 푸르미를 데리고 산책을 나가면 가끔 청소년들이 놀이터 벤치에 앉아 소곤소곤 말하다가 갑자기 싱그러운 웃음을 터뜨리곤 한다. 그럴 때는 나만의 장소를 양보하곤 한다. 나만의 장소에 비친 나의 자화상은 어느 때는 기쁨으로 환하고, 어느 때는 흐느적거리는 그림자로 어둡다. 환함과 어두움 모두 갈등과 애증으로 한 발 한 발 걷다 입은 붉은 상처다. 사랑은 사랑으로 끝나지 않고 통증을 안겨 주고, 믿었던 친구는 배신의 혀를 날름거리며 비웃는 듯하다. 나는 무거운 것들을 몸 밖으로 내몰기 위해 저녁공기를 한껏 들이마신다.

아파트에서 사 년을 살다 보니 조금 답답한 마음이 들기도 하고, 흙냄새가 그립기도 해서 단독주택으로 이사하기로 결정했다. 비가 내리는 날 저녁 어스름께에 집을 보러 나섰는데, 내가 좋아하는 벤치가 있는 길의 다가구 주택을 보고는 그만 덜컥 계약해 버렸다.

주인은 고금리 빚이 많아 일 층을 전세 주고 두 가구가 사는 이 층 한 가구에서 살고 있었다. 베란다 문 쪽의 젖은 피아노는 누군가가 쳐 주기를 바라고 있는 듯했다. 반지하의 세 가구는 어둠침침한 데서 가난과 불편을 참고 쨍하고 해 뜰 날을 바라며 살아가고 있는 듯했다.

다음 날 저녁 그 집 앞을 지나며 짝사랑하는 마음으로 훔쳐보았다. 열려 있는 창문에 걸린 블라인드는 찢어진 벽지처럼 나풀거렸다. 담가의 사철나무는 삐죽삐죽 뻗쳐 있고, 뜰의 감나무는 물을 안 줘 그런지 주홍빛 쪼그마한 열매를 달고 메마른 채 시들어 있었다. 황폐한 풍경이었다. 하지만 나는 육 개월 뒤에 이사할 그 집 앞을 오가며, 가슴 설레며 훔쳐보곤 했다. 그때마다 에스겔의 구절을 속으로 되뇌곤 했다.

"전에는 지나가는 자의 눈에 황무하게 보이던 그 황무한 땅이 장차 기경이 될지라."

비 오는 날이면 내 방 유리창엔, 촉촉하게 젖은 옆집 돌벽이며, 건너편 집들의 젖은 지붕이며, 먼 데 있는 청계산 자락이며 모두 담겨 있어 나의 쓸쓸한 내부 풍경을 풍성하게 해 준다. 유리창 밖의 풍경은 이국의 낯선 거리를 거닐 때 깨어나는 감성처럼, 문득문득 희미해져 가는 아름다운 추억을 불러일으킨다. 추운 날이면 베란다 유리문을 통해 따뜻한 아침햇살이 작은 방 깊숙이까지 들어와 나를 감싸 안는다.

내 방은 한 사람이 누우면 꽉 찰 정도로 작았다. 나는 이 작은 방이 마음에 들었다. 내가 좋아하는 동네에서, 내 마음에 드는 방을 갖는 일, 행복은 이런 작은 것에 있다. 집 근처 커다란 나무들 아래에 두 개의 낡은 벤치가 있는데, 동네를 산책하다 보면 왠지 그 텅 빈 자리가 눈에 들어왔다. 언젠가 나만의 장소가 될 것 같은 예감이 들었다. 이 길에 있는 집에서 살고 싶었는데, 정말 꿈이 뿌리를 내린 것이다.

하루하루 덧없이 흘러가는 세월 속에서, 나는 푸르미 속을 차츰 알게 되었다. 속으로는 주인을 좋아하지만 오래된 부부처럼 표현하지 않고 덤덤하게 대한다는 사실을. 무언가를 기대하고 서운해하는 그사이에 세 번이나 푸르미를 잃어버렸다. 그때마다 전신주에 개 찾는다는 전단지를 붙이곤 했다. 밤이면 텅 빈 쓰린 마음에 잠이 오지 않아 푸르미가 떠돌아다닐 것 같은 어두운 밖을 자꾸 내다보곤 했다. 전에 키우던 초롱이를 너무 좋아해 잘해 주지 못한 것이 후회되고, 제발 돌아오기만을 바라는, 자식을 기다리는 어미의 마음이 되곤 했다.

첫 번째는 딱 하루 만에 유기견 센터에서 찾았다. 두 번째는 이틀 만에 어느 가정집에서 데리고 왔다. 세 번째는 사흘 만에 아파트 경비 아저씨를 통해 찾았다. 질긴 인연의 뿌리가 든든히 박힐수록 침묵 속에서 서로 통하는 통로도 깊어지고 넓어지고 있다. 이제는 푸르미 눈만 봐도 무얼 바라는지 금세 알아챌 수 있다. 마음과 마음이 닿는 것은 이토록 소중하면서도 쉽지 않은 일이기도 하다.

지난겨울 일 층에 살던 아줌마가 의왕시 연립주택으로 집을 사서 나갔다. 이사를 가 보니 주위 경치는 좋은데 분당 쪽으로 가는 큰길에서 차 소리가 크게 들려온다고 했다. 우리 집에서 살 때는 개를 데리고 산책 나가기 전에 꽃밭에 들러 한 호흡 먼저 숨을 가다듬고 나갔는데, 그곳엔 쉴 만한 한 줌 땅이 없다고 했다. 나는 늦가을까지 피어 대는 색색 장미꽃을 꺾어 주고, 고추도 따서 주었다. 가을이 되면 가지마다 주렁주렁 열리는 감도 가지째 꺾어 주었다. 잘 가꾸지 않은 비밀의 화원 같은 꽃밭이 그녀는 좋다고 했다. 우리들은 꽃밭 때문에 마음이 통하는 친구가 되었다.
비가 주룩주룩 오는 날, 그녀는 이삿짐을 정리하다가 마음이 답답하고 갑자기 옛집이, 옛정이 그리워 엉엉 울어 버렸다고 한다. 그다음 날 의왕시 네거리 꽃집에 들러 향기 좋은 여러 종류의 꽃을 한 아름 가득 사서 집 안 곳곳에 꽃아 놓고서야 마음이 진정되었다고 한다. 그녀는 숨을 가다듬을 수 있는 한 줌의 땅이 그리워 참고 참다가 울어버렸다.

우리는 어딘가에 있는 미지의 땅, 어딘가에서 기다리고 있을 나만의 자리를 찾으러 길을 떠난다. 영혼의 뿌리를 내릴 그 어느 바닷가로, 어느 숲의 따스한 햇살 아래로 설레며 집을 나선다.

집 뒷산 입구 좁다란 계곡 옆의 나지막한 오르막길엔 사람들이 별로 다니지 않는 흙길이 있다. 길옆 숲엔 사계절 언제나 낙엽이 쌓여 있다. 키 큰 나무 사이로 스며드는 햇살에 숲은 한 폭의 은은한 빛의 수채화 같다. 봄의 연둣빛 잎들은 바람에 살랑거리고 땅의 그림자는 이리저리 춤을 춘다. 살아 있음의 감격도 솟구친다. 좋아하는 숲의 풍경은 유진 스미스의 사진 작품 「낙원에 이르는 길」을 연상시킨다.

헐렁헐렁한 바지를 입은 꼬마신사와 예쁜 원피스를 입은 통통한 여자아이가 나란히, 언덕길 햇살 비치는 환한 곳을 향해 좁은 숲길을 걸어가고 있다. 나무들은 세상살이의 지난한 삶을 상징하듯 어둠침침한데, 아이들이 걸어가는 땅과 저 앞에서 기다리고 있는 듯한 나무들은 빛에 싸여 환하다. 사람이 살 만한 미지의 이상적인 세상을 향해, 밝은 앞날을 향해 가고 있는 두 아이의 뒷모습, 희망이 펄럭인다.

새로 태어나기 위한 가슴속 우물 같은 나만의 자리. 그곳에서 우주의 먼 데까지 번져 가는 영혼을 느끼고, 빛도 바로 그 안에 있다는 것을 느낀다. 자기만의 은밀한 장소에서 변화되어 낙원을 꿈꾸며 세상 속으로 들어간다.

수
도
원

가
는

길

차창 밖엔 비가 내리고 있다. 물안개 자욱한 산 너머엔 또 다른 산이 얼굴을 내밀고 있다. 가도 가도 정겨운 짙푸른 산이다. 수사님은 경치가 좋은 산길로 차를 운전하고 있다.

애는 어릴 때부터 반항아였어요. 학교 갔다 오면 가방 던지고 선창가를 헤매고 다니고, 친구들과 곧잘 싸우기도 하고.

언니는 옆에 앉은 수사님한테 어린 시절 내 모습을 기억의 바구니에서 한 줄씩 꺼내 풀어놓는다. 수사님은 뒤에 앉은 나를 힐끔 보며 말한다.

동생이 언니보다 순하게 보이는데요.

많이 아픈 뒤로 달라졌어요. 옛날엔 뭐 무서운지도 모르고 앞으로 나가다 쿵 넘어지고. 초등학교 삼 학년 때는 학교 언덕에서 쑥을 캐다 낭떠러지 아래로 떨어져 버렸어요. 머리에서 피가 나 한 달간이나 누워 있고, 싸움도 잘하고. 애들과 싸우면 같은 패거리 아이들이 달려와 말해 주거든요. 그럼 바로 옆에 있는 학교로 헐레벌떡 달려갔어요. 그때 나는 중학생이었지만 키 작은 땅꼬마였는데, 부모 노릇했다니까요. 저 앤 자기 본능대로 살았어요.

나의 어떤 모습이 언니 눈엔 본능적인 삶으로 비친 것일까. 내 삶의 어떤 냄새와 색깔과 여운이 그런 독특한 이미지를 낳은 것일까.

비에 젖은 칠월 산의 정기가 이번 남도여행을 축하해 주고 있는 것 같다.

서울로 미대 시험을 보러 갈 때였어요. 리어카에 이불보따리 싣고 도망치듯 서울로 가는데 아빠 몰래 엄마가 목포역까지 따라 나왔어요. 기차역에서 서로 부둥켜안고 울었죠. 기차에 앉아 창밖을 보니까, 그때까지 울고 있더라고요. 엄마는 무식하니까, 세 딸들의 교육에 무척 힘썼어요.

언니가 차분한 목소리로 수사님에게 말한다. 오늘따라 언니가 다소곳한 여자처럼 보인다. 어린 시절의 언니는 불안하고 두려움에 찬 모습으로, 뭔지 위태하게 흘러가는 집안 공기 속에서 책을 읽고 그림을 그리며 시간을 보냈다. 사춘기 시절엔 그림이 불확실한 공포감에서 탈출하는 유일한 길처럼 보였다. 바로 위의 권위적인 오빠는 언니를 때도 없이 짓눌렀다. 큰딸인 언니는 오빠가 동생들을 괴롭히지 않도록 스스로 벽 역할을 했다.

돈이 많은 아버지는 난봉꾼이었다. 그런 남편 곁에서 살아가는 어머니는 여섯 명의 자식들을 보호하기 위해 거칠고 히스테리컬한 여장부로 변해 갔다. 바닷바람이 불어 대고 선창가에서 가슴을 에는 듯한 유행가 소리가 들리면 어머니는 외출했다. 어둠침침한 미창 창고 길을 지나 시내 중심가로 나가 허망한 가슴만큼 길바닥에 돈을 뿌리듯 쓰고선 집으로 발길을 돌렸다.

어린 나는 집안이 평온한, 교장 딸인 친구를 부러워했다. 키가 작고 병약한 언니는 이 불온한 세계에서 자신이 할 수 있는 그림만 붙잡고 살았다. 어떤 때는 용기와 배짱으로 무장하고 폭력적인 오빠에게 대들기도 했다. 그러나 잔인한 현실에 힘을 잃고 자신만의 세계에 칩거했다. 언니와 나는 서로가 서로에게 넓은 품을 바라며 다가갔다가 되레 상처만 입고 패잔병처럼 돌아섰다. 흘러가는 세월 속에서도 이 거리감은 늘 따라다닌다.

"너는 동생이지만 정말 나를 몰라야." "모르긴 뭘 몰라요." "너는 아를 어로 들어야. 대꾸하고, 도장 딱딱 찍고. 그냥 가만히 듣질 않아요. 그래도 너랑은 천생 운명적인 관계야. 어떤 운명 같은 것이 있어야 예술을 할 수 있긴 하지. 그래서 넌 글 쓰고, 난 돌 조각 붙잡고 사나 보다."

가까워질 듯하다가 서로가 내뱉는 몇 마디 직설적인 말로 멀어진다. 또 가까이 다가가, 정신이 가장 통하는 두 자매끼리 왜 운명적인 관계인가, 밤새워 애기보따리를 풀어 놓을 것 같은데, 기대한 만큼 서운한 바람이 스치곤 한다.

성주 휴게소였다. 앞에 앉은 언니와 수사님은 먼저 내렸다. 나는 차에서 내려 문을 닫고 차 사이의 좁은 데서 빠져나오려고 하다가 그만 오른쪽으로 넘어져 버렸다. 오른쪽 무릎은 종양으로 네 번 수술해 인공관절이 들어 있고, 고관절까지 금속이 이어져 있어 피노키오 다리 같다. 나의 비명

소리에 수사님과 언니가 한달음에 달려왔다. 두 사람이 부축해 나는 자리에서 간신히 일어났다. 수사님은 천만다행이라며 안도의 숨을 쉬었다.

오늘 아침, 용산역에 약속 시간보다 십 분 일찍 도착했다. 언니가 보이지 않았다. 지하철에서 에어컨 바람이 써늘해 목에 수건을 둘렀는데 내리고 보니 없었다. 나는 손수건을 사기 위해 마트 쪽으로 걸어갔다. 마트엔 울긋불긋한 꽃무늬와 어두운 체크 손수건밖에 없다. 나는 꽃무늬를 사서 펼쳐 보았다. 거친 천에 둘린 노란 테두리가 울긋불긋한 원색적인 꽃과 안 어울렸다. 순간 알 수 없는 불안감이 쓱 지나갔다. 오늘 새벽녘이었다. 꿈인지 환영인지 '어둠 속에서' 하는 짧은 경구가 스쳐 지나갔었다.

괜찮아?

언니가 근심 어린 얼굴로 묻는다. 나는 대답한다.

참을 만해요.

참을 만했다. 아니 참아야 했다. 나는 또 나의 길을 가야 하니까.

새벽녘에 스쳤던 경구는 오늘 이 일을 예시豫示하는 것이었을까. 내가 무심히 놓친 것, 그리하여 어둠 속에서 더 잘 보이는 빛들, 그 빛들의 세계로 들어가라는 예시였을까. 나는 시큰거리는 허리를 두 손으로 감싸고 창밖을 본다. 광주 송정역에서 수사님을 만나 셋이서 경상도 왜관 수도원을 향해 가는 이 여행이 아득한 꿈속 같다.

실비가 내리는 자욱한 산길에는 분홍빛 배롱나무가 끝없이 이어지고 있다. 이 땅의 산야는 고요하고 평화롭다. 계속되는 북한의 핵실험으로 위기를 느끼지만, 저 뿌연 산길에서 아리랑고개의 그리운 님이 환성을 지르며 내려올 것 같다. 안개비 속에 연분홍 섬세한 꽃봉오리와 꽃이 촉촉한 허공과 어울려 한 폭의 수묵화 같다.

집 뜰의 가냘픈 배롱나무는 잘 있을까. 담가의 꽤 큰 단풍나무 그늘에 가려 배롱나무 가지엔 밀가루 뿌려 놓은 것 같은 흰가룻병이 생겨 시름시름했다. 미생물을 물에 타서 뿌려 주고 흙이 마르기 전에 물도 주었더니 다른 배롱나무가 꽃이 지는 늦여름께야 화사한 분홍빛 꽃을 주인을 위해 피우기 시작했다. 이제 주인이 허리 타박상으로 아프면 누가 배롱나무를 돌봐 줄까.

올봄, 언니의 조각상 시상식 때 수사님 곁에 앉았다. 전에 나는 수사님을 한 번인가 만난 적이 있었다. 그는 언니에게 줄 자그마하고 앙증스러운 보랏빛 꽃다발을 갖고 왔다. 언니는 수사님을 십여 년 전부터 알았다고 한다. 교회 미술로 서로 의논하고 만나다 보니 세월 속에서 우정이 생겼다고. 무엇보다 그는 언니 작품을 좋아했다. 기도하고 일하라, 하는 수도원에서 외적 내적으로 침묵의 태도를 지켜야 한다고 생각하는 수사님은 나이가 어리지만 언니 말을 묵묵히 들어주고 받아 준다. 가끔 너무 솔직한 말로 사람의 마음을 아프게 하는 언니는 수사님을 만나며 마음의 평화를 느끼곤 했으리라. 한 사람의 예술가를 알아보고 꾸준히 관심 갖고 지켜보는 수사님의 넓은 마음이 빛나 보인다. 한 사람의 예술가 뒤에는 자극과 애정을 주는 큰 나무 같은 사람들이 있다.

언니는 2015년 가을부터 육 개월 동안 광주 교구청에 내려가 겨울을 지내며 「비움의 십자가」라는 작품을 만들었다. 가로 십이 미터, 높이 팔 미터나 되는 대형 작업이었다. 네 개의 조형물들이 떨어져 있으나, 비워진 공간은 세 개의 십자가 형상이다. 작품을 끝내고 나자 언니의 몸이 많이 쇠약해졌다. 나에 대한 태도도 부드러운 바람처럼 변했다.

"예술은 하고 싶은 일, 해야 할 일을 다 하면서 할 수 있는 일이 아니야. 어느 한 부분은 포기해야 해. 나이 드니까 일밖에 없어. 근데 그 일이 예술이야. 예술은 초능력을 갖고 있어야 해. 능력만큼 중독이 달라. 독특한 중독이 없으면 작품을 하기 어려워. 나는 요즘 노숙자 같아. 십일월에 있을 콜라주와 드로잉전을 준비하느라 종일 그림을 그려. 시간이 별로 없어서, 이제 겨우 스무 개쯤 그렸어. 어제는 스트레스를 받아 지하실 작업실로 내려가지 못했어. 감정에 흔들리면 안 되는데, 자꾸 흔들려.

자기만이 갖고 있는 것이 감동을 줘. 자기만의 특성을 잃어버리면 안 돼. 고통의 바닥에서 겪은 것을 승화시켜야 해. 그러지 않으면 고통이 쓸모가 없어. 어딜 가든 요즘은 네가 자주 생각나. 이제 너를 알겠어. 나는 일생에 걸쳐 다섯 사람 정도 가깝게 지냈는데, 너도 들어가. 너랑은 운명적인 관계야. 명동성당 근처엔 좋은 식당이 많아. 언제 한번 만나서 식사하자.

이번에 안토니오 성인전을 읽었어. 사막, 광야, 이탈이라는 말이 자주 나오더라. 읽고 나서 억장이 무너져 엉엉 울었다. 그는 백다섯 살에 사막에서 죽었어. 사막 속에 있어라! 신과 일대일로! 나는 호흡장애에 뇌졸중이 있어서, 툭 쓰러지면 그때는 가는 거지. 오늘 아침 자리에서 일어나는데, 내가 아름답구나, 하는 생각이 들었어. 지금이 좋은데…… 모든 것이 잘되고 있는데…… 건강이……"

언니는 지금 막 떠오르는 아이디어나 생각이 있으면 지하실 작업실에 내려가기 전에 내게 전화한다. 날이 찌뿌둥해 우울증이 도질 때도 전화벨이 울린다. 어떤 날은 내가 다이얼을 돌린다. 전화하면서 일주일이 빨리 가고, 한 달이 후딱 가고, 일 년은 재빨리 모퉁이를 돌아 바람처럼 사라져 버린다.

언니의 말엔 자신의 일을 한평생 붙잡고 살아온 사람의 정신과 열정의 불꽃이 타오르고 있다. 절제와 인내와 몰입의 힘으로 작업하는 사람의 가슴에서 쏟아져 나오는 말은 때로는 사막에 서 있게 하고, 때로는 노숙자가 되게 한다. 어떤 때는 '문학이란, 미술이란 어떤 예술인가' 하는 화두話頭를 던지며 변신의 길을 찾기도 한다. 언니의 콜라주와 조각 작품이 집 안 여기저기서 불쑥 말을 걸어온다. 거실 입구의 이마에 주름살이 있는 입체감이 뚜렷한 늙은 천사 조각상은 평소에 생각하는 예쁜 천사가 아니다. 가진 것을 모두 나누어 주고 텅 비어 있지만 빛으로 가득한 내면이 드러나 있다. 악의 유혹을 끊으라고 속삭여 주는 듯한, 주름지고 볼품없어도 인간적인 모습을 한 천사를 볼 때마다 위로를 받는다.

베란다에 있는 성령의 바람이 물결처럼 일고 있는 듯한, 리듬감 있는 여인의 조각상은 '너는 지금 어떤 길을 만들어 가고 있는가?' 묻고 있는 듯하다.

'……나의 길을 알지 못합니다. 두렵고 떨리는 마음일 뿐, 손잡아 가야 할 길로 이끌어 주세요.'

거실에 걸려 있는 콜라주 작품들을 보고 있으면 다가와 말을 건네는 듯하다. 형상일기 같은 작품에서 여자의 고통, 소망, 상처, 고독을 읽는다. 벽 한쪽에 걸려 있는 그림 속의 두 여자는 붉고 푸른 굵은 눈물을 흘리며 무엇인가 소중한 것을 두 손으로 가슴에 안고 있다. 한 여자는 땅을, 다른 한 여자는 하늘을 보며 무얼 골똘히 생각하고 있는 듯 보인다. 여자들이 눈물 흘리며 가슴에 안고 있는 저 소중한 것은 무엇일까. 살림살이, 육아, 꿈, 탈출, 돈, 사랑……

중압감에 싸여 있는 두 여자는 금방이라도 무거운 짐 내려놓고 어디론가 사라져 버릴 것처럼 보이기도 한다.

언니는 아이들을 키우면서도, 작업할 수 있는 자기만의 공간과 시간과 경제적 자립을 스스로 이루며 살았다. 명절이 다가와도 자신이 꼭 해야 할 일만 간단하게 하고, 남들이 뭐라고 하든지 지하 작업실로 내려가 작업에 몰입했다. 자신 속의 에너지를 형상화하기 위해 정말 치열하게 일 중심으로 살았다. 여자가 또 다른 여자에게 줄 수 있는 가장 큰 선물은 바로 이 일어섬, 자신만의 창조적 열매라고 한다. 한때는 된장 고추장을 주고받는 따뜻한 관계를 원한 적도 있었지만, 이제는 언니가 왜 그렇게 행동했는지 알 것 같다.

여기가 왜관읍입니다. 오른편에 낙동강이 있고, 구미는 차로 삼십 분 걸려요.

수사님이 침묵을 깨고 말한다. 어디선가 본 듯한 안개비 내리는 읍내의 길을 차는 지나가고 있다. 나지막한 주위 산들이 이 작은 읍내를 감싸 주고 있다. 뿌옇게 흐린 낯선 거리를 지나가자 아득한 기억들이 밀려온다.

저기가 수도원입니다. 수도원이 오래돼서 백 년 넘은 나무들이 많아요.

차가 수도원 안으로 들어가자, 수사님이 붉은 벽돌집 지붕이 여기저기 보이는 언덕을 가리키며 말한다. 노동과 침묵 속에서 새벽을 깨는 기도의 여운이 고즈넉한 정원에 고여 있는 듯하다. 키가 크고 우람한 잘생긴 나무들이 말간 얼굴로 반겨 준다. 육체의 신음 속에서, 이곳에서 하루 묵을 낮과 밤 시간이 아득하다. 수도원 정문으로 들어가는 길이 나에겐 고통의 어둠 속을 지나, 먼동이 트는 새날의 빛 속으로 들어가는 것 같다.

뜰의 배롱나무는 병약하기 때문에 오히려 부모의 애정을 더 많이 받는 자식처럼 나의 눈길을 끌어당긴다. 옆집 나무는 자랑하듯 늦봄이 되면 연분홍 작은 꽃봉오리를 피워 대는데, 우리 집 배롱나무는 한두 해 전부터 서너 개의 꽃봉오리만 간신히 맺혀 메마른 허연 얼굴로 가지에 달라붙어 있다. 나는 병충해로 시든 나무껍질에 약도 뿌려 주고 몸통도 쓰다듬어 주고 행렬을 이룬 개미 떼도 털어 주면서 혼잣말한다.

제발 꽃 좀 피우려무나!

언젠가 초여름이었다. 군산에 갔는데, 맑디맑은 푸르른 하늘과 항구의 부드러운 햇살 속에 한 줄로 기다랗게 서 있는 연분홍 배롱나무가 반갑게 손짓하고 있었다. 갯바람 속에서 분홍빛 눈송이 같은 앙증스러운 꽃들이 꿈꾸는 듯 몽상적인 자태로 하늘거리고 있었다.

뜰의 배롱나무는 담가의 단풍나무에 가려 햇빛이 부족하고, 튼실한 영산홍 나무 뒤에서 가지마다 병충해로 희끗희끗하다. 언젠가의 화사한 모습을 기다리며 견디고 있는 듯하다. 꽃을 피우지 못하는 것이 주인 탓만 같다. 인공관절이 든 무릎을 굽힐 수 없어서 손이 안 간 뜰은 비밀의 화원 같다. 여기저기 잡풀 속에서 장미꽃은 제 홀로 피고 지고 한다. 꽃을 꺾어 꽃병에 꽂아 놓는다. 책상 위의 꽃이 어느 순간 눈에 들어오면 아침에 떠오르는 해를 보듯 살아야겠다는 의지가 생긴다.

가을이 저만큼에서 다가올 채비를 하고 있는 어느 날이었다. 공허한 가슴의 빈자리로 번개처럼 하나의 생각이 달라붙었다.

바꾸어 버리자, 모든 것을! 속도를 내서, 빨리!

겨울이 오기 전에!

나는 배롱나무에게 햇빛을 선사하기로 했다. 햇빛은 나에게 겨울을 건강하게 지낼 수 있게 하는 육체와 정신의 가장 풍성한 양식이다. 베란다에 햇살이 가득하면 그 환한 곳에서 웅크린 사지를 펴고 심호흡을 한다. 조금 지나면 몸 구석구석에서 이제 살 것 같다는 푸른 신호를 보내온다.

무엇이 되었든 이 신호에 맞춰 살아야 했고, 살리기로 했다. 나는 단골 정원사에게 부탁했다.

"담가의 단풍나무는 굵은 가지만 남기고 다 쳐 버리세요. 영산홍 가지도 쳐 주세요."

정원사는 그렇게 하면 보기 싫다고 반대하다가 나의 완강한 태도에 굵은 가지 몇 가지만 남겨 두고 모조리 쳐 버렸다. 기다렸다는 듯이 단풍나무의 암갈색 가지 사이로 빛이 쏟아져 어둡고 환한 한 그루 수묵화처럼 보인다.

해가 바뀌고 기다렸던 봄이 오자 배롱나무에 파릇파릇한 연둣빛 싹이 트고 있다. 오월의 장미가 한창 피어나고 있을 때 뜰의 배롱나무도 그 대열에 끼었다. 가지마다 조그만 눈송이처럼 보이는 연분홍 꽃봉오리들이 하나둘씩 꽃망울을 터뜨리고 있다. 외출할 땐 그 애틋한 모습을 한 번이라도 더 보려고 발길을 멈추곤 한다. 배롱나무는 가까이

서 봐도 먼 데서 봐도 잡히지 않는, 안개 속 사랑하는 사람의 실루엣 같은 이미지다. 부드러운 햇살에 잠겨 꿈꾸는 듯한, 분홍빛 눈송이 같은 아련한 모습은 옛 추억을 불러일으킨다.

내가 마르고 볼품없는 배롱나무에 유별난 애정을 갖는 것은 나의 모습을 보는 것 같기 때문이다. 나는 긴 세월 동안 음지의 배롱나무 같은 신세였다. 몸은 허약해지고 글은 써지지 않았다. 그 어두운 기간이 차츰 물러나고 마음에 드는 나만의 방이 생길 무렵, 원하지 않은 병들이 기다렸다는 듯이 찾아왔다. 두 가지 병을 안고 재발하지 않도록 살다 보니 좋은 세월은 비웃듯 몽땅 흘러가 버렸다. 그 어둡고 절망스러운 날들 사이사이 희망의 불씨가 꺼지지 않도록 신을 붙잡고 떠오르는 단상을 메모하며 견디어 냈다.

오랜만에 꽃을 피운 배롱나무처럼 소설집을 냈다. 나는 이 책을 여러 지인에게 보냈다. 어느 날 한 지인에게서 문자를 받았다.

– 계속 글 쓰길 기도합니다.

나도 기도하겠다는 문자를 보냈다. 이 문자의 상징성은 순간 내 꿈의 제일 위에 닿아 버린 듯했다. 그 사람이 어떤 사람이라는 것을 조금 알고 있을 뿐, 한 번도 본 적이 없고 또 앞으로도 만날 기회가 있을 것 같지 않은데 어느새 내 삶의 중심으로 와 자리를 차지해 버린 듯하다. 삶의 목표를 환하게 해 주는 사람들, 하나둘씩 모여드는 꿈의 사람들. 그런 사람들과 손을 잡고 살아가는 힘을 얻을 것이다.

이른 새벽이면 하늘 향해 깨어 있는 사람들의 간절한 바람이 날개를 펴고 높은 곳으로 날아오르는 듯하다. 단풍나무 사이로 햇빛이 비쳐 음지의 배롱나무가 살아나듯, 누군가의 빛 같은 목소리가 나를 다시 일어서게 한다. 새벽녘의 영혼의 목소리는 움트는 싹처럼 점점 자라 한 그루 늘 푸른 나무가 되어 서로의 삶을 지켜 줄 것이다.

곽재구 시인의 「기다림」이라는 시에 보면 상대가 오지 않는다 하더라도 자신의 기다림은 끝이 나지 않는다고 말하는 대목이 있다. 어느 날, 그 어느 날엔가 누군가의 간구하는 목소리가 그친다 해도 나 또한 빈 나루터의 사람처럼 '기다리며 설레이며' 살아갈 것이다.

지난 초가을 해 질 무렵이었다. 딸과 손자와 나, 셋이서 양재천을 따라 걸을 때였다. 무슨 축제 행사가 있는지, 길 끝의 공원에서 여러 악기가 어울려 꿍짝꿍짝 소리가 울려 퍼졌다. 어릴 적 곡마단을 구경하러 갈 때처럼 마음이 설렜다.

그런데 갑자기 딸이 걸음을 빨리하며 앞장서서 걷기 시작했다. 어디선가 자신을 부르는 소리가 들려오는 듯 몽롱한 얼굴로 어디에도 매이지 않은 듯한 사뿐한 걸음걸이로 걸어갔다. 딸의 그런 모습은 내 삼십 대와 어딘지 닮아 있다. 세 살짜리 딸을 데리고 이국의 거리를 배회할 때의, 무언가에 빠져 있는 모습을 연상시켰다.

스위스 유학시절에 남편은 수업이 없으면 집에서 공부했다. 나는 어린 딸을 데리고 밖으로 나와 쏘다녔다. 스위스의 날씨는 늘 잿빛이었다. 국경과 맞닿아 있는 바젤의 구석구석을 떠돌아다니면, 어디선가 나를 부르는 소리가 들리는 듯했다. 가곡 「보리밭」의 뉘 부르는 소리 같은, 그리운 사람의 소리가 어디선가 희미하게 들려오는 듯했다. 고향 바닷가에서, 아직 겪어 보지 않은 앞날의 저 먼 미지의 공간에서, 열망이 환상을 낳아 누군가 저 앞에서 손짓하고 있는 듯했다.

세 살짜리 아이는 갑자기 울음을 터뜨리며, 앞장서 스스로 취해 걸어가는 향기 나는 엄마 뒤를 뒤뚱거리며 쫓아갔다. 언젠가 비 오는 날, 엄마와 잠시 떨어져 있던 아이가 제 어미를 다시 만나자 머리에 코를 대고 엄마 냄새, 좋은 냄새, 하며 좋아하던 기억이 난다. 아이는 어른이 되어도, 엄마의 향기가 그리워 세상을 떠돌며 엄마 같은 여자를 찾아 헤맬 것인가.

이것은 갈대야! 나는 우는 아이를 향해 습관적으로 사물 이름을 말해 준다. 지는 햇살에 갈대밭이 황금빛으로 물들어 가볍게 춤을 추고 있다. 넘어질 듯 넘어질 듯 흔들리며 갈망하는, 부드러우면서도 강인한 질긴 생명력으로 자유스럽게 춤을 추는 갈대. 스치는 온갖 바람에 온몸을 송두리째 맡기는 가느다란 순정의 갈대를 사람들은 왜 여자한테 비유했을까.

아니야, 강아지풀이야!

아이는 울면서도 한마디 하고는 저녁놀에 물든 쓸쓸한 갈대 같은 엄마 뒤를 뒤뚱거리며 쫓아갔다. 딸은 뒤를 돌아다보지 않고 걸어갔다. 아마 딸은 제 아들을 자기 없이도 잘 견디는 아이로 키우려고 일부러 저렇게 모르는 척하고 빨리 걸어가는지도 모른다. 나는 딸이 자신만의 꿈을 실현할 수 있기를 소망하면서 키웠고, 그 대가로 나는 지금 젊어져야 할 짐을 지고 걸어가고 있는 것이다.

엄마는 혜화동 연극 모임에 가야 하고, 아빠는 회사에 가는 그런 날에 아이는 우리 집으로 온다. 동화책 가방, 옷 가방, 장난감이 든 작은 가방이 이삿짐 보따리처럼 거실 입구에 내려지고, 아빠 뒤에 수줍게 서 있는 아이가 얼굴을 쫑긋 내밀었다 다시 뒤로 숨어 버리는 의식이 끝나고 나면 그때부터 나는 바빠진다. 나처럼 살지 말라고 손자를 봐주고 있지만, 아들만 하나뿐인 딸은 나중에 누구를 봐줄 것인가. 여자에게 자기만의 인생은 몇 살부터 시작되는 것일까. 어머니 피가 내 속에 흐르고 있어, 석양이 갈대밭처럼 흔들리는 저녁이 되면 불쑥 쏘다니고 싶은 마음이 솟구치는 것일까.

쪽머리를 한 나의 어머니는 바닷바람이 사납게 불어 대고 뱃사람들의 애절한 유행가 소리가 구성지게 울려 퍼지는 저녁이면 선창가 집을 나섰다. 어머니는 목포 시내 번화가를 쏘다니며 그동안 쌓인 스트레스를 돈으로 풀어 대기 시작했다. 짐 같은 자식들의 물건을 정신없이 사들일 때면 입가에 흐뭇한 미소가 떠돌았다. 사고 싶은 물건을 하나씩 살 때마다 아버지 곁의 여자들을 향해 냅다 뺨을 내리갈기는 듯한 쾌감을 느낀 것일까. 아버지의 외도에 맞서는 길은 물질에 대한 왜곡된 집착이었을까.

아이는 가끔 엉뚱한 데가 있다. 아침 햇살은 맑고 하늘은 푸르고 나무들은 비 온 끝에 더욱 싱싱해진 어느 오후였다. 배낭을 메고 한 손엔 아이의 손을 잡고, 아이는 강아지 목줄을 잡고서 관악산 입구 계곡으로 돌멩이 던지는 놀이를 하러 갔다. 얼마 뒤 햇볕이 쨍쨍 내리쬐자, 집으로 돌아와 대문을 열고 비밀 화원 같은 정원으로 들어갔다. 아이에게 자연의 모습을 알려 주고 싶어 부추와 어린 채소의 싹들을 딴 뒤에, 저만큼 가서 붉은 장미꽃 한 송이와 보랏빛 방울꽃들을 꺾었다. 장미향은 잡힐 듯 말 듯 아련한 기억들을 떠올리게 한다. 안개 속에서 누굴 사랑했던 것일까. 꿈이 어린 젊은 날의 그 애틋한 순간은 어디로 사라져 버린 것일까. 기억의 골목을 돌아서 나오자, 문득 아이와 개가 생각났다. 배낭을 메려고 입구로 나오니, 하얀 개만 보이고 아이가 보이지 않는다.

김우림!

길엔 아무도 없다. 오후의 뜨거운 햇볕에 거리는 환한 적요 속에 누워 있다. 순간 아찔했다. 저쪽에서 한 남자가 걸어오고 있다.

남자아이 봤어요?

못 봤는데요.

햇볕을 하얗게 되쏘고 있는 거리에 정적만이 감돌고 있다. 아이는 도대체 어디로 갔단 말인가. 아이 낳기도 힘든 세상, 요즘은 정부에서 지원을 해 줘 미아까지 데려다 키

운다고 하지 않는가. 환청처럼 날아드는 소문에 발길이 휘청거린다. 누가 아이 입을 틀어막고 차에 태워 사라져 버린 것은 아닐까. 하나뿐인 딸의 우주는 아이, 딸의 기쁨은 아이. 난 앞으로 어떻게 딸의 얼굴을 본단 말인가. 나는 다시 집으로 돌아와 구석구석을 샅샅이 살폈다.

옆집과의 사이에 있는 낮은 담벼락 쪽도 가 보고, 허드레 물건들이 널려 있는 일 층 층계 밑도 가 보았다. 어디에도 없다. 절망이 온몸 구석구석에서 피어나 심장을 압박하고, 공포로 온몸이 타는 듯하다. 마지막으로 이 층으로 오르는 층계를 하나씩 밟고 올라갔다. 만일 여기서 찾지 못하면 아이를 잃어버린 것이다. 한번 잃어버리면 찾는다는 것은 거의…… 처음 십 분이 중요하단다. 벌써 십 분쯤 지났을 것이다. 아까 신고하는 게 좋았을까.

층계 절반 정도 올랐을 때 다용도실 미닫이문 쪽에서 달그락거리는 작은 소리가 났다. 무슨 신호일까. 떨리는 손으로 다용도실 문을 열자 아이가 두 손에 신발을 쥐고 앉아 있다. 나를 보더니 싱긋 웃는다.

왜, 그랬어?

할미 웃기려고.

평상시에도 장난꾸러기 아이의 엉뚱함에 웃곤 하는데, 오늘의 연기는 단연 최고의 슬픈 코미디 연기이다.

그래, 네가 날 웃겼다. 너 때문에 슬퍼도 웃는다. 거기 있어 줘서, 고맙다. 나는 두 손이 위로 올라가는 것을 간신히 참으며, 눈물을 흘리며 웃음을 머금었다.

며칠 전 이곳 산골짜기 요양소로 왔다. 2006년 삼월 직장에 생긴 악성종양으로 수술을 받은 뒤 벌써 두 번째다. 한 집안의 주부가 병이 들면 부엌은 낯선 장소가 된다. 음식 냄새도 맡기 싫은데, 세 끼니는 먹어야 한다. 무엇보다 빨리도 찾아오는 식사 때문에 이 요양소를 오곤 했을 것이다.

전화로 예약하고, 용산역에 가서 KTX를 타고 광주역에 내려 터미널에서 보성으로 가는 버스를 타면 되었다. 요양소는 주위에 천여 개의 산봉우리가 있는 깊은 산속에 있다. 그 안에는 작은 예배당이 있어서, 이른 아침이면 예배를 본 뒤 서로의 웃는 얼굴을 보며 웃는 연습을 하곤 했다.

병은, 원하지 않았건만 나에겐 익숙한 것 중 하나이다. 숲의 공기에 익숙하듯, 낯선 거리를 떠돌아다닐 때 살아나는 자유와 해방의 공기에 익숙하듯, 잊어버릴 만하면 찾아오는 병은, 나를 더 넓은 세계로 끌고 가는 면도 있다. 병은 지금까지의 삶과는 결별하라는 신호이다. 버리고 싶은 습관들을 과감히 정리하고 맑은 공기 속에서 소박하게 먹고 단순하게 살라는 메시지이다. 아픔의 대가로 꿈속의 말들을 수확해, 그 힘에 의지해 일어서곤 한다.

임재!
상처, 별이 되다!
너 자신을 믿어 승리하라!

한번 병과 싸우고 나면 겉모습은 약하게 보일지 모르지만, 이전보다 더 살려는 의지는 불타올랐다. 나에게 삶의 축제는 바로 치열한 이 영육의 전쟁터 안에 있는 것 같다. 삶이란 어둠과 밝음이, 기쁨과 슬픔이 교차하는 미로와도 같아서, 여간해서는 자신의 얼굴을 쉽게 드러내지 않는다.

인생은 한 번쯤 말아먹어야지 새로운 어떤 일이 생긴다고 하지 않는가. 고통을 견디다 보면 어느 순간 환희의 물결이 밀려온다. 순간 숨이 멈추는 듯하고 발이 들리는 것 같은, 구원이 무엇이라는 것을 느끼는 그런 순간이 있다.

지난 삼 년 동안 난 우울증을 앓았다. 대학원에 다니는 딸은 자기 일에 바빠 내가 혼자 집에서 어떻게 시간을 보내는지 알 겨를이 없다. 남편은 아침에 직장에 나가면 저녁 늦게 집에 온다. 혼자 집에 있으면 지금까지 자신이 보낸 세월에 저항하듯 부엌에 들어가기가 싫었다. 배가 고프면 간단하게 후딱 먹어 치우고는, 자신의 힘으로는 어떻게 할 수 없는, 무거운 올가미 같은 지난날의 익숙한 상처의 흔적을 파헤치며 빠져들었다. 정신이 반짝 들어 빠져나오려고 해도 이미 그 생각을 더듬고 있는 자신이 또 다른 자신을 이긴 듯 절망의 침침한 그늘 속에서 헤맸다.

아파트의 내 방 창문은 높아서 바깥 풍경이 조금밖에 보이지 않았다. 나는 답답한 방 안에서 음악을 들으며, 지금 내가 어디에 있으며, 어떤 인생을 살고 있으며, 또 어떻게 살 것인지 몽땅 잊고자 했다. 그냥 내 자신이 누구인지 잊어버리면 살 것 같았다. 그럴수록 나는 내가 쳐 놓은 막막한 그물에 걸려 헤어날 수가 없었다. 삶은 슬펐고 우수는 깊어만 갔다.

나는 내 삶의 주인이 아니라, 부질없는 연상과 망상의 손아귀에 끌려가는 꼴이었다. 내가 원하는 인생이 아니었다. 절망이 곰팡이처럼 온몸 여기저기 달라붙어 음습한 곳으로 끌고 들어갔다.

세월은 어느새 삼월에서 유월로 껑충 넘어가 있었다. 좋아하는 유월이었다. 높고 맑은 하늘과 부드러운 햇살과, 일년 중 가장 낭만이 흐르는 저녁거리를 바라보았다. 일찍 찾아온 장마로 밤에도 낮에도 거칠고 굵은 비가 쏟아졌다. 집도, 거리도, 나무도 내 무거운 마음처럼 습기에 젖어 있었다. 나는 기진해 탈출구 같은 잠 속으로 빠져들곤 했다. 깨어나면 분쟁과 대립 속에서 돌아가는 세상이 무섭고, 나의 현실이 너무 무거워 어디로 사라지고 싶었다. 문득 나라는 사람이 누구인지, 내가 누구랑 살고 있는지, 어느 순간 모든 걸 잊어버린 것처럼 머리가 텅 비고 먹먹할 때가 있다. 한때 사랑했던 사람의 이름은 떠오르지 않고, 내 말을 듣지 않는다고 미워했던 사람은 지금은 천사가 되어 나의 손발처럼 잘해 주고 있다. 이전의 버리고 싶은 습관이나 고정관념이 문득 살아날 때는 병보다 더한 절망을 느낀다. 뿌리째 뽑혔다고 생각한 파괴적인 무의식이 불쑥 솟구쳐 오를 때는 정말 버림받았다는 생각이 든다. 나도 내 자신을 어떻게 할 수 없었던 캄캄한 시절의 흔적이 희미하게나마 내 몸속에 스며 있다는 것은 정말 무서운 일이다.

병이 생기는 것이 스트레스나 유해한 환경 때문이라고 한다면, 그림자 같은 우울증과 작년 여름까지 사 년 동안 살았던 아파트의 높은 창문이 마음에 걸린다. 나도 모르게 누군가를 미워했거나, 기분이 상해 큰소리로 말을 씹는 듯이 뱉은 독소가 쌓이고 쌓여 몸 안의 세포는 비정상적인 길로 들어섰는지 모른다. 시대가 발전할수록 한 개인이 감당해야 할 정보의 양은 많아지고, 복지정책은 미비한데 인간의 수명은 길어지고 있다. 독성물질을 내뿜는 유해한 환경 속에서 스트레스를 받으며 기계처럼 바삐 움직이며 살수록 병은 많아질 것이다.

나는 작년 가을에 낮은 창문과 뜰이 있는 집으로 이사했다. 내 방은 작지만 창문으로는 멀리 청계산 자락이 보이고 옆집 자갈 벽과 건너편의 운치 있는 지붕과 뜰이 보인다. 차를 마시며 갖가지 인생살이를 담은 듯한 건너편의 창문을 무심히 보곤 한다. 이른 아침, 먼 산 위에 떠오른 둥근 해가 나를 맞이하면 그 아름다운 기운으로 마음이 가득해진다.

닷새간의 병원 치료를 받기 위해 다시 요양소를 떠나기 전날 밤 아주 기분 좋은 꿈을 꾸었다. 웅크린 어린 사자와 새끼 호랑이 꿈.

나는 아침식사를 마치고 서둘러 가방을 꾸렸다. 떠날 준비를 할 때는 늘 설렌다. 이곳 남도의 산골짜기 '치유센터'로 올 때도 그랬다. 잘 먹고, 많이 웃고, 운동한 덕분인지 가벼워진 몸으로 집에 돌아가는 길도 설렌다. 인간은 마지막까지 떠나고 돌아오는 연습을 하며 사는 것 같다.

마음속의 섬

동백꽃으로 둘러싸인 깊은 산사에서 요양하고 있는 친구를 만나러 강진에 내려갔다. 친구는 동네 도서관 문학반 강사였다. 그녀는 자신이 읽고 감동받은 소설들에 스스로 취해 열정 어린 모습으로 강의했다. 문학이란 숲에서 삶의 길을 찾아가는 여행자처럼 보였다. 나는 그녀의 삶에서 풍기는 예술의 향기에 끌렸고, 한 학기가 끝나자 우리는 친구가 되어 있었다.

친구는 동백꽃 숲으로 나를 안내했다. 살랑거리는 바람에 푸른 잎들은 우우 하고 속삭이고, 떨어진 꽃잎들은 엷은 햇살을 받으며 다시 한번 못다 한 열정을 불태우고 있었다. 숲과 노을 진 바다풍경이 아름답게 어우러지는 그곳에서 명상하는 마음으로 하루 묵고 나서 오후에 산사를 나섰다. 이틀 후에 강연하러 내려오는 남편을 완도 버스터미널에서 만나기로 했다. 이틀간의 설레는 시간이 선물처럼 주어진 것이다. 나는 스틱을 짚고 한 발 한 발 위태한 걸음으로 절뚝거리며 갯바람 속을 걸어 다녔다. 한 걸음 한 발짝이 위태할 만큼 아찔하기도 하지만, 남도의 풍경만은 따사로운 품으로 반겨 주는 듯하다. 고향 목포의 단발머리 어린 시절로 돌아간 듯하다.

강진 버스터미널 대합실 낡은 벤치에 앉아 생각의 물결을 따라 흘러가고 있을 때였다. 옆에 앉은 후덕해 보이는 아주머니가 나에게 말을 걸어왔다. 남도의 드센 억양 속에 스며 있는 한限과 애환의 여운에 마음의 빗장이 절로 열린다. 아주머니는 해산물 공장에서 일하는 외국인 노동자들의 식생활 습관까지 미주알고주알 얘기한다. 버스 한 대가 터미널 입구로 들어오자, 자리를 잡아야 한다며 벌떡 일어나더니 뒤뚱거리며 걸어간다.

다시 혼자가 되니 마음 따라 생각이 물결친다. 그냥 앉아만 있어도 텅 빈 고요가 밀려온다. 수채화 같은 연둣빛 오월 산의 정경과 말간 햇살과 마음 문이 열려 있는 사람들의 따스한 말의 여운. 어떤 새로운 기운, 바다 냄새가 내 속으로 들어와 있는 듯하다. 머리에 함지박을 인 아낙네가 다가와 낙지를 사라고 말한다.

세 마리에 만원이어라. 오늘 아침에 남편이 배 타고 나가서 잡은 것인디 아주 싱싱해라. 빨리 팔아 불고 집에 갈라고 그러요.

싱싱한 낙지는 보기만 해도 배가 부르는 듯하다. 그동안 그 무엇을 위해 그렇게 허둥대며 살았을까. 카톡방에선 재깍재깍 시계소리처럼 신호가 울린다. 진동으로 해 놓고 저쪽 다른 방에 핸드폰을 두면, 단톡방엔 언제나 한 발 늦게 들어가게 되고 중요한 사항은 이미 썰물처럼 빠지고 난 뒤다.

오랜 세월 만나지 않고 카톡으로만 이어진 정신적 친구가 있었다. 친구는 한두 줄만으로도 상대방 마음을 흔들 정도로 좋은 문장을 지니고 있었고, 통찰력도 뛰어나 심리적으로나 정신분석학적으로나 나를 꿰뚫어 보는 글을 썼다. 나도 긴장해 한 줄의 글이라도 써야 했다.

어느 날, 그 친구는 한 단체가 주관하는 밤길 걷는 행사에 참석했다며 건강정보를 담은 문자를 나에게 보냈다. 나는 답으로 스웨덴 청년들이 우리나라 통일을 위해 노래하는 동영상을 링크해 보내 주었다. 그렇게 문자를 주고받은 지 한참 후에야 그가 남긴 "어두운 새벽을 걸어가며 쓴다."라는 글을 미처 읽지 못했다는 걸 알게 됐다. 사실 그가 나와 나누려 했던 마음은 바로 그 짧은 문자 속에 담겨 있었을 것이다. 밤을 건너 새벽녘을 지나는 어떤 외로움 같은 것을 전하고 싶었을 것이다. 그런데 나는 그 마음을 읽지 못했다. 미안한 생각에 몇 번 문자를 보냈으나 깊은 침묵의 골짜기로 들어간 친구에게서 답장은 오지 않았다. 카톡의 세계란 공허한 메아리의 울림처럼 문자를 주고받다가, 하나의 낱말, 하나의 구절로 휙 돌아서 버리기도 한다. 뿌리내리고 있는 얄팍한 삶의 토양이 위태하고, 내일 무슨 일이 일어날지 모르는 불안의 그림자가 따라다닌다.

남편을 완도 버스터미널에서 만나고, 다음 날 우리는 완도타워에 올랐다. 잔잔한 바다에 흩어져 있는 침묵의 섬들, 그리움이 뭉쳐 하나하나 각기 다른 형상을 이루고 있는 섬들. 하나의 기다란 섬이 또 다른 작은 섬을 향해 있고, 그 섬은 저만큼 떨어져 있는 또 다른 섬들을 보며 평화롭게 떠 있다. 하나의 섬은 자기를 닮은 또 다른 섬을 보며 견딜 수 있는 힘을 얻고, 때때로 침묵 속에서 터져 나오는 함성을 거센 파도에 실어 보낼 것이다.

용산역을 향해 달리는 KTX 안이었다. 내 맞은편 통로 옆자리 창가에 앉은 두 살 정도로 보이는 남자아이가 자리에서 일어났다 앉았다 하며 엄마에게 존댓말로 무어라 무어라 생각나는 것을 자꾸 말했다. 그대로 적으면 한 편의 산문시가 탄생할 것처럼 말이 엉뚱하고 재밌고, 무엇보다 목소리가 청량한 빗방울 소리 같기도 하고, 숲속의 새소리처럼 들리기도 했다.

아이는 기차가 역의 플랫폼으로 들어갈 때마다 자리에서 일어나 창 쪽으로 얼굴을 돌리고 또랑또랑한 목소리로 도오착! 도오착! 하고 외쳤다. 이제 막 배운 도착이라는 말을 자꾸 연습하는 것처럼 보였다. 나는 미소를 띤 시선을 그 아이에게서 뗄 수 없었다. 아이는 도착이라는 말을 하고선 자신도 신기한지 큰 소리로 하하 웃어 댔다.

우리는 어떤 도착지에 도달하기 위해 앞을 향해 달려가는 것일까.

햇빛에 반짝거리는, 산사의 불그레한 동백꽃잎들, 어린 시절 추억을 불러일으키는 터미널의 낡은 벤치, 바다와 고독한 섬들, 아이의 맑은 목소리……

나의 무거운 어깨를 가볍게 해 준 봄의 선물들이다.

내 안에 고요한 섬 하나가 떠 있다.

한 해가 얼마 남지 않은 십이월의 어느 날이었다. 딸은 결혼을 생각하고 있는 남자 친구를 처음으로 집에 데리고 왔다. 나는 좋으면서도 한편으로는 당황했다.

딸은 좋아할까 싫어할까, 하는 긴장감이 도는 얼굴로 우리를 보았다. "따님을 잘 키우셨습니다." 어색한 침묵을 깨며 딸의 남자 친구가 인사를 차렸다. 부드러운 목소리가 안도감을 주었다. 뭔가 세심하고 정서적인 안정감이 느껴졌다. 오죽 잘 골랐을까, 하는 마음이 들면서도 허전하고 쓸쓸했다.

그 한 번의 만남 뒤로 결혼 날짜가 정해지고 딸은 이리 뛰고 저리 뛰면서 바삐 보냈다. 가끔 딸의 남자 친구는 선물을 들고 집에 왔다. 내가 좋아하는 색색 장미꽃의 앙증스러운 꽃바구니와 자그마한 크리스마스트리, 그리고 무엇보다 기뻤던 건 내 생애 가장 마음에 드는 사진을 찍어 준 일이었다. 부활절 날 서울랜드 앞 벚꽃나무 길에서 우리 모녀의 사진을 찍고 또 찍었다.

사진 속 딸의 얼굴은 예전의 얼굴이 아니었다. 웃는 얼굴이지만 어머니에 대한 안타까움이 어려 있다. '건강해서 하고 싶은 일 하며 살아가세요.' 평상시에 자주하던 그 말을 마음속으로 하고 있는 듯하다. 어머니가 암이란 병을 선고받자, 그동안 보호받으며 자신의 일만 하던 딸이 울타리 밖으로 용기 있게 뛰쳐나가 무엇이듯 스스로 해야만 하는 삶의 자리로 들어선 듯하다.

이제 비로소 어머니의 자리를 또 다른 눈으로 보며, 슬픔에 맞서 어떻게 하면 어머니의 인생을 건강하게 위로 끌어올려 줄 수 있을까, 하는 마음으로 차 있는 듯 보였다. 딸은 그 어느 때보다 사랑스러웠다. 어머니인 나의 병을 통해 두 발을 굳건히 땅에 내딛고, 두 팔 벌려 하늘 향해 울부짖고 있는 듯했다. 내가 울 때 딸도 울고 있었던 것일까.

딸은 요양소도 알아보고 암에 관한 책자도 구해 오고 음식 상담도 받게 해 주었다. 어머니의 병을 통해 성숙하고 자립적인 삶의 길로 들어선 것 같다. 딸은 결혼하면 영원한 사랑이 되고, 아들은 결혼하면 희미한 옛사랑이 된다고 한다. 인생 선배인 어머니의 손을 붙잡고 일어서게 해 주려는 모습을 보며 나는 비로소 딸이 왜 내 인생의 곁으로 왔는지 알 것 같았다.

딸의 결혼 날짜가 다가오자, 나는 이유를 알 수 없는 불안감에 허우적댔다. 연극 동아리에서 만난 남자와 결혼을 하려고 한다. 딸도 나처럼 드라마틱한 결혼을 하려고 한다. 서로 상대방의 일을 이해해 주고 밀어주는 대상을 만나게 된 것이다. 외형적으로는 모든 것이 순조롭게 돌아가고 있었다.

그러나 뭔지 가슴이 텅 빈 듯하고 황량한 들판에 홀로 서 있는 것 같았다. 이제 들의 장미꽃 같은 향기로운 꽃은 어디 가야 볼 수 있고, 내 젊은 날의 초상화 같은 환상은 어디 가야 만날 수 있는 것일까. 어느 순간 딸을 보면 문득 내 얼굴로 겹쳐 보이지 않았던가. 죽음의 발소리가 다가오고 있는 듯한 이 위기 속에서 내가 붙잡고 있었던 꽃이며, 희망이었던 너…… 떠나려고 하니까, 참으로 사랑했구나, 내 소유물처럼, 하는 깨달음이 폐부를 찌른다. 딸이 언제까지나 내 곁에 있으리라 생각했던 건 나의 오만이었을까.

"엄마가 저 없는 동안 좋은 글을 많이 썼으면 좋겠어요. 엄마는 글 쓸 때가 가장 빛나는 것 같아요. 부디 엄마의 소중한 정원에서 좋은 열매가 나올 수 있기를 기도할게요."

딸이 대학교 삼 학년 때 뉴욕으로 어학연수 가서 보낸 편지를 읽으면 힘이 난다. 어머니의 일을 하며 살아가라는 딸의 말은 그 어떤 말보다 마음을 움직이며 나아갈 방향을 제시해 준다. 딸이 어머니한테, 어머니가 딸한테 보내는 희망의 말보다 더 간절한 말이 있을까. 이 생명과 같은 말은 바람을 타고 이 세상 끝 날까지 날아갈 것이다.

딸과 어머니의 관계는 너무 밀착되어 있어 자칫 속박의 관계로 전락해 버리기도 한다. 딸 가진 사람은 싱크대 밑에서 죽고, 아들 가진 사람은 길에서 죽는다는 말이 무얼 뜻하는지 알 듯 모를 듯 하다.

사람들은 나에게 물었다.

딸이 결혼하면 적적하지 않겠어요?

그러면 나는 말하곤 한다.

딸이 결혼하면 친구가 된다고 하잖아요.

딸의 소원대로 사월 하순의 어느 날, 비가 오면 어쩌려고 마치 실험극장 한마당 같은 야외 결혼식장에서 예식을 치렀다. 결혼식 날엔 몇 년 만에 핀다는 공작선인장 붉은 꽃이 대여섯 송이 피었다. 딸이 쓴 극작을 공연한 팀의 전속배우 서너 명이 서커스맨처럼 아코디언을 연주하며, 햇살이 비치는 연둣빛 나무 아래 앉은 손님들 사이의 꽃길로 들어왔다. 가야금과 첼로와 판소리가 작은 오르간과 어울려 말간 사월의 반짝거리는 햇빛을 타고 멀리 퍼져 나갔다.

봄날의 결혼식이 끝나고 얼마쯤 지났을까. 내 속 깊은 데서 쓸쓸한 바람이 마구 불어 댔다. 자다가도 무의식의 한 부분이 불쑥 일어나 나를 낭떠러지 앞으로 끌고 가 어느 순간 획 밀어 버리는 듯했다. 길을 가다가도 주위에 아무도 없는 듯한 막막한 가슴으로 거친 바람이 할퀴고 지나갔다.

왜 이러는 것일까.

흔들리는 나의 무의식 저 아래로 한 계단 내려가 현미경으로 나의 내부를 샅샅이 들여다본다. 외형적으로는 그 어느 것에도 사나운 바람은 불어 대지 않고, 나는 여전히 울타리 안에서 살아가고 있다. 투병은 일찍이 신의 손에 맡긴 터라 내부 깊은 데서 꿈속에서 환영처럼 들려오는 소리에 믿고 따르기만 하면 하루하루 감사하며 살아갈 수 있다.

그 무렵의 환영이었던가, 흐릿한 꿈의 한 자락이었던가. 흐르는 시냇물 가로 푸른 이파리 하나가 떠내려가고, 그걸 잡으려고 손을 내밀어 허우적대다 깨어났다.

아, 아……

딸이 나에게서 떨어져 나가는 것을 내 의식은 감당하지 못하고 있었던 것이다. 그만큼 나는 딸을 의지하고 있었다. 보고 듣고 느끼고 한 것들을 딸에게 들려주며 생기로 다시 태어나지 않았던가. 딸 덕분에 나의 의식은 파릇파릇한 청춘이었지만, 딸은 젊은 나이에 세상 풍파 다 겪은 무덤덤한 어른처럼 살아가지 않았을까.

나는 홀로 서기 위해 영적 싸움을 시작했다. 내 속엔 스스로 자랑스러워해도 좋을 만한 나와, 버려야 할 습관으로 똘똘 뭉쳐 있는 내가 동시에 들어 있다. 딸을 내 소유물로 여기고 있었던 아집과 욕심, 그리고 기대를 가위로 싹둑싹둑 자르기 시작했다. 내 것으로 생각한 소유의 질긴 끈을 잘라 버리자 검붉은 핏방울이 뚝뚝 떨어졌다. 나는 용기를 내 한 걸음씩 신에게 다가가 광대하고 따스한 품 안으로 딸을 인계했다.

신의 오른손을 붙잡고, 우리 변화된 얼굴로 새로운 길에서 만나자꾸나. 그 길에서 오다가다 마주치면 축제 마당처럼 덩실덩실 춤을 추자꾸나.

이제 홀로 개척하며 살아갈 눈부신 날이 비로소 첫 페이지를 열었다. 처음 겪는 푸르디푸른 희망의 날이 기다렸다는 듯이 두 손 들어 환호하며 바람결에 스친다. 이제야 비로소 영적 해방을 한 여자가 가야 할 푸른 길이 하늘을 향해 뻗어 있다. 그 길 저쪽에서 자신만의 인생길로 들어선 눈부신 봄의 신부, 딸이 하늘의 광채 속에서 다가오고 있다.

영원의 시간

작년 늦은 봄이었다. 갑자기 귀가 멍멍했다. 바람 같은 윙윙거리는 소리, 벌레가 우는 것 같은 찌익찍 하는 소리가 귀에서 났다. 병원에서는 난청이라고 했다. 귀마개를 해도 온갖 소리가 달려들어 세상은 소음으로 가득하다. 세상이 소음에 잠겨 떠가는 것 같다. 그동안 사방이 소음으로 들끓는 그 한가운데서 살아온 것이다. 카톡카톡 하며 울리는 소리, 차 소리, 어긋난 인간관계의 삐그덧 하는 소리. 사람들의 말들이, 차 소리들이 소음에 잠겨 떠가는 것 같다. 기차를 타면 덜커덕거리는 바퀴 굴러가는 소리가 얼마나 큰지 귀가 먹먹하다. 귀마개를 해도 세상은 웅성거리는 소리로 가득하다. 이제 귓병이, 모든 소음에서 떠나 내 속 깊은 곳으로 들어가라고 암시하는 것 같다.

병원에 다니며 약을 처방받고 귀에 좋다는, 아연이 많이 든 음식도 먹어 보지만 좋아질 기미는 보이지 않는다. 여전히 귀에서는 써늘한 바람 소리가 난다. 가슴에서는 물결처럼 뭔가 웅얼웅얼하는 소리가 터져 나온다. 앞날에 대해 무슨 예언의 소리를 들려주는 것일까. 깨어나라는 내면의 소리와 바람 소리와 벌레 소리가 어울려 한 방울의 눈물이 되어 떨어진다. 헬렌 켈러는 "내일이면 귀가 안 들릴 사람처럼 새들의 지저귐을 들어보라."라고 했다. 눈물과 새의 노랫소리는 잃어버리고 있는 소중한 것을 지금 붙잡으라는 암시 같다. 오늘 살아 있는 동안 미세먼지 불어 대도 뿌연 하늘 아래 숲의 노래 들으며 마스크 쓴 얼굴로 춤을 추라고 속삭여 주는 듯하다.

스위스 바젤에서 살 때였다. 포겐센 길가 오 층의 낡은 아파트엔 이탈리아나 스페인 노동자들이 주로 살았다. 아파트 옆으로 난 큰길은 독일이나 프랑스 알자스 지방으로 가는 차들로 종일 시끄러웠다. 나는 소음을 막기 위해 큰 옷장을 창문 쪽에다 놓았다. 어두워진 방 안으로 차 소리는 여전히 들려왔다.

사는 것이 답답하면 바다를 보러 가듯 국경 너머 프랑스 알자스 지방으로 갔다. 국경만 넘으면 다른 나라의 자유스럽고 이색적인 풍경이 펼쳐진다. 사람이 없는 넓은 들판은 스산하고 고요하다. 마음 졸이며 살았던 날들에서 벗어나 자유스러운 공기를 마음껏 들이마신다. 국경만 넘으면 언어가 다른 홀가분함 속에, 쌓였던 무거운 것들이 무너져 내리는 듯하다. 햇살에 잠긴 거친 빈 들판의 나무들과 풀들이 펼치는 빛의 풍경은 지금 내가 어디에서 무얼 하며 살아가고 있는지 더듬게 해 준다. 그동안 하루하루 유학생 아내로서 쫓기듯 살아온 긴장된 삶에서 한 발짝 벗어나 희미해진 꿈을 더듬으며 한숨 돌린다.

한 삼십 분쯤 걸어가면 큰 마트가 있는데, 프랑스 해안 지방에서 잡은 갖가지 생선들이 금방이라도 펄떡거릴 것처럼 싱싱해서 구경하는 재미가 있었다. 특히 우리의 멸치젓과 비슷한 것이 있어서 신기하다는 생각이 들었다. 좋아하는 젓갈을 보면 고향 목포 부둣가의 풍경이 떠오르며 어린 시절로 돌아가는 듯했다. 나는 스위스에 없는 생선을 보면 반가운 마음에 몽땅 사곤 했다. 무거운 가방을 양손에 들고 국경 초소를 넘을 때는 내가 든 짐이 기준치를 초과하는 건 아닌지 긴장감과 두려움으로 가슴이 뛰었다. 스위스로 돌아오면 암울한 마음이 되살아나고 이국땅에서 흔들리며 어디론지 끌려가고 있는 듯했다.

날은 흐리고, 비가 자주 내렸다. 우울한 마음으로 중세풍 주택가 거리를 쏘다니다 집 앞의 앙증스러운 꽃밭 앞에 발길을 멈추곤 했다. 기름지고 검붉은 흙 위에 피어 있는 가냘픈 제비꽃과 색색의 튤립, 신비한 사랑을 떠올리게 하는 수선화를 보며 발길이 가벼워졌다. 그런 나에게 국경은 정체성을 잃어버리지 않게 하는 쉼터와 같았다. 호흡을 새롭게 가다듬을 수 있는 짧은 여행 같고 더 넓은 곳에서 불어오는 새로운 공기 같았다.

지난 오월엔 LA에 살고 있는 남동생의 딸 결혼식이 있어, 나와 딸 그리고 손자가 미국으로 건너갔다. 멀리 있어 자주 만나지는 못하고 카톡만 주고받던 여동생도 그곳에 살고 있었다. 그녀는 여러 번 한국에 왔지만, 나는 동생이 삼십 대 중반에 이민 간 뒤로는 처음으로 방문하는 셈이다.

여동생은 산꼭대기가 하얗게 보이는 마운틴 발디 근처의 팔백여 평 정도 되는 큰 저택에서 살고 있었다. 자식들은 분가하고 남편과 단둘이 그 커다란 집에서 살았다. 디귿자 형태로 한가운데 복도를 지날 때는 정원의 분수대와 수영장이 보였다. 식당과 반대쪽에 있는 방 두 개에 우리 가족은 짐을 풀었다. 동생 침실은 이 층에 있었다. 방으로 가려면 고요하고 기다란 복도를 지나야 했다. 블라인드로 유리문을 절반 정도만 가려 두었는데, 산 밑 동네라 먼지가 없는지 멀리까지 투명하게 내다보였다. 벽엔 그림들이 걸려 있고, 형체가 뚜렷하고 슬퍼 보이는 암갈색의 조각 작품이 여기저기 놓여 있었다. 언니의 작품이었다. 고즈넉한 복도를 지날 때는 발소리가 울려 이 큰 집에서 무서워 어떻게 살아가나, 하는 생각이 절로 들었다.

동생은 뭐 하나 부러울 것이 없지만 가슴엔 십자가가 있었다. 한국에서는 첼로를 전공했는데 미국에서는 옷장사를 했다. 돈을 번다고 아침에 나가면 밤늦게 집에 와서 자고 다음 날 다시 나갔다. 그 와중에도 딸 둘은 잘 컸는데, 삼십 대의 아들 때문에 가슴에 슬픔이 고여 있었다.

지금부터라도 잘하려고 애쓰는데, 아들은 따라와 주지 않네요.

조카는 컴퓨터와 게임은 잘하지만, 인내심과 끈기가 없었다. 동생은 일이 너무 바빠 조카를 잘 돌보지 못했다. 그런 세월이 꿈대로 그냥 쉽게 넘어가지 않은 것이다.

동생의 고통을 씻어 주는 것은 정원의 꽃나무들이었다. 영어로는 어려운 화초의 이름들을 꽃마다 별명을 지어 부르며 대화하고 있었다. 하얀 줄기 가장자리에 씨앗 대신 잎을 주렁주렁 달고 있는 새끼 잎을 씨둥이라고 불렀다. 가는 줄기에 붉은 꽃이 너무 크고 무거워 옆으로 꼬꾸라져 있는 선인장과의 꽃은 미련해 보인다고 곰탱이라고 불렀다.

곰탱아! 정신 차려! 반듯하게 살아야지!

자신에게 말하듯 동생은 혼잣말하며 넘어진 가지를 일으켜 주었다. 현관 입구 뜰의 바위에 앉아 있으면 조그마한 잎들이 바람에 살랑거렸다. 동생은 그 화초를 산들이라고 불렀다. 바위에 앉아 산들이처럼 마음을 흔들어 대며 짐을 벗고자 했다. 정원에서 가장 잘 번식하는 두꺼운 푸른 잎들은 미친 대가리라 불렀다. 살다 보면 사랑하는 사람이 갑자기 내던지는 미친 대가리 같은, 가슴을 할퀴고 지나가는, 이해할 수 없는 말들이 가슴에 쌓인다. 우리는 모두 작은 바람에 흔들리는 연약한 존재인 것이다.

한국으로 떠나기 하루 전날 저녁식사를 할 때였다.

"내일이면 언니는 한국에 돌아가겠네……"

동생이 울먹이며 자리에서 일어나 주방 쪽으로 갔다. 그 순간 동생의 고통과 슬픔이 가슴으로 확 밀려들었다. 꽃과 대화하는 그 맑은 마음의 깊은 데서 동생의 흐느끼는 영과 나의 그리움이 부딪쳐 순간 하나가 된 듯했다.

한국에 온 지 며칠이 지나 동생에게서 카톡이 왔다.

"누구나 자기가 짊어져야 할 십자가가 있어요. 나의 십자가를 사랑하기로 했어요."

사람은 가장 낮은 자리에 섰을 때 탈출할 새로운 문이 보인다. 주위가 소음으로 가득한 세상, 별명을 지어 불러주는 나만의 꽃과 사물이 필요하다. 고요와 침묵과 신의 향기가 감도는 나만의 장소가 필요하다. 내가 찾은 나만의 장소엔 나무와 벤치가 있다. 이 벤치엔 가슴이 따뜻한 친구의 얼굴이, 저 벤치엔 문학을 좋아하는 친구의 얼굴이 떠오른다. 고요한 벤치에 앉아 기억의 저 밑바닥에서 나를 일으켜 세워 줄 말을 읊조려 본다. 고요함 속에서 살아나는 것은 그리움이다.

지금 내가 여기 있는 것은 지난날의 한숨 돌린 공간, 빈 들판 같은 황량한 땅, 신의 손길 때문일 것이다. 바람이 어디서 와서 어디로 가는지 모르는 것처럼, 자기만의 자리에서 내가 누구인지 잃어버리는 어느 짧막한 한순간이 있다. 꽃 한 송이에 우주가 담겨 있듯이 순간 속에 영원이 있다.

3
부

슬픔은 어디로 흘러가는가

영의 눈을 떠서 보면 절망의 컴컴한 바닥에서 빠져나오기 위해 찢긴 날개로 파닥거리는 사람들이 보인다. 날다 떨어지고, 또다시 날아 보려는 고통 속의 사람들. 어느 순간, 구원의 하얀 손이 그들의 날갯죽지에 닿아 있음을 본다. 슬픔과 아픔으로 잉태한 빛의 날개, 고통을 극복한 사람들에게 안겨 주는 신의 최고의 선물이다.

관악산 아래 우리 집이 있는 희망로 길에서 오른쪽으로 쭉 가면 정부과천청사가 나오고, 왼쪽으로 조금만 가면 주택가 한가운데 작은 쉼터가 나온다. 좁다란 길로 나무층계를 밟고 내려가면 어린이 놀이터가 나오고, 위쪽으로 가면 관악산 아래 밤나무 길이 나온다. 네거리의 쉼터엔 벤치 두 개와 여덟 그루의 참나무가 있다.

어느 추운 겨울날 저녁, 우울한 마음으로 집에 가고 있는데 유독 춥게 느껴지는, 키 큰 우람한 나무가 눈에 들어왔다. 그 뒤로 오다가다 지날 때마다 만지고, 벤치에 앉아 있다 집으로 돌아올 때도 손으로 만지며 한마디씩 하곤 한다. 겨울에서 봄으로 갈 때나 가을에서 겨울로 들어갈 때는 사랑한다는 말도 한다.

언제부터인가, 나무에 눈이 새겨져서 나를 보고 있는 것 같다. 어느 날엔 입이 열려 사랑한다고 말할 것 같다. 그동안 쏟은 말들과 침묵의 반응 속에서 둘만의 은밀한 역사가 쌓여 우리는 가까운 친구가 된 것 같다.

밖으로 나갔다 집으로 가는 길에 나만의 자리, 같은 벤치에 앉아 잠깐 숨을 돌린다.

사방은 어둠침침한데 희미한 외등 불빛과 달빛으로 참나무 아래 벤치는 은은한 빛에 싸여 있다. 무성한 잎들이 춤을 추는 바스락거리는 소리가 들려온다. 떠도는 불쌍한 고양이가 쉴 곳을 찾아 바삐 헤매는 모습도 눈에 띈다. 드디어 밤이 오기 전의 고요한 시간이다. 어느 것에도 매이지 않은 한 줌 평온함이 밀려온다. 밖에서 묻혀 온 누군가의 탁한 말이나 무례한 행동거지를 털어 버린다. 정적 속에서 자신 속으로 들어가 있는 그대로의 나를 본다. 나는 자신을 무방비 상태로 풀어놓고 세월아 네월아 하며 살아가고 있는 듯하다. 허망함이 목구멍까지 차오른다. 조금만 있으면 어둠은 짙어지고 어느새 새벽의 미명이 산에서 하늘에서 먼 땅에서 밀려오리라. 그 허한 여자 옆자리에 누군가 앉아 있는 듯하다. 옆을 본다. 아무도 없다. 나무는 정신적으로 방황하는 나를 조용히 보고만 있다. 다시 마음의 눈으로 옆을 보자, 한 사람의 환한 형체가 어른거리는 듯하다.

당신은 누구십니까?
너가 찾는 나이다.

작년 가을이었다. 딸네 식구랑 저녁식사를 한 뒤에 북한강 건너 나지막한 숲길을 달리고 있었다. 둥근 달이 밝았다. 숲은 부드러운 달빛에 싸여 있고, 나무들은 어둠의 침묵 속으로 들어가기 전에 살랑거리며 몸을 풀고 있다. 일곱살 난 손자가 차창 문을 열더니 어두워 가는 숲을 향해 모노드라마를 하는 것처럼 맑디맑은 목소리로 말한다.

나무야, 풀아, 안녕! 달도, 별도 안녕! 좋은 꿈 꾸고, 잘 자!

나무와 풀과 달과 별에게 말하는 어리고 순수한 영혼. 아이의 맑은 목소리가 숲에서 메아리쳐 하늘로, 땅의 저 먼 곳으로 퍼져 나가는 듯했다.

일본 오사카에서 노숙자를 돕는 남편 후배 목사님 부부를 찾아갔을 때였다. 잔뜩 찌푸린 잿빛 하늘에 곧 비라도 올 듯한 흐린 날이었다. 처음 본 목사님은 낮아지고 낮아져서 속이 텅 비어 있는, 그래서 더욱더 속이 가득한 사람으로 보였다. 수십 년을 노숙자들과 함께 지내며 그들 입장에서 생각하고 무엇이든 도와주려는 간절한 마음이, 자신이 하는 일에 가장 적당한 외모로 변한 듯했다.

점심때가 되자 허름한 옷차림에 곤하고 지쳐 보이는 삼백여 명의 사람들이 나무로 둘러싸인 공원 입구 쪽에서 하나둘씩 모여들었다. 무거운 가방을 메고, 어깨를 움츠리고 무표정한 얼굴로 그들은 잔디밭 배식 차 앞에서 조용히 차례를 기다렸다. 나는 밥을 퍼 주는 사모님 옆에서 식판에 반찬을 담았다. 된장국과 단무지와 김이 전부이다. 그들은 식판을 들고 군데군데 여기저기 놓여 있는 긴 통나무에 걸터앉거나 나무 그늘 아래에 서서 서러운 밥을 꾸역꾸역 먹은 뒤 다시 돌아와 빈 식판을 내밀었다. 그때마다 사모님은 한 사람, 한 사람에게 웃으면서 일본어로 고맙다는 인사말을 했다. 그 말을 듣는 노숙자들의 굳은 얼굴에 희미한 미소가 스친다. 나는 무엇이 그렇게 감사하냐고 사모님한테 물었다. 이분들은 고맙다는 말을 거의 듣지 못해 일부러 그렇게 말해 준다고 했다. 이국 여자의 이 한마디 따뜻한 말을 듣기 위해 그들은 음지에서 음지로 떠도는 발걸음을 이리로 옮기는 것일까. 그 순간 감사하다는 말이 살아 꿈틀거리는 강력한 한 가닥 빛처럼 느껴졌다.

식사를 마친 노숙자들은 다시 공원 쪽 입구로 걸어갔다. 어디로 가는 것일까. 정처 없이 헤매는 그들의 뒷모습, 아무도 없는 곳에서 흐느껴 울 것 같은 아득한 사람들의 뒷모습이 무거워 보였다.

어딜 가야, 누굴 만나야 마음의 눈이 떠지며 새로운 깨달음이 오는 것일까. 하나의 새로운 세계를 열어 주는 것은 침묵하는 나무일까. 아이의 맑은 영혼일까. 굶주린 사람에게 건네는 따뜻한 한마디 말일까. 고요와 침묵 속에서 다가오는 사랑하는 창조주 그분일까. 나는 누군가의 사랑하는 마음, 그 흔적을 수집하려는 사람처럼 헤매고 다닌다.

병원 진료실 앞의 긴 의자에 앉아 간호사가 내 이름 부르기만을 기다리고 있다. 진료시간에 늦지 않으려고 서둘러 왔는데 한참을 더 기다려야 한다. 건너편 의자에 앉아 있는 아가씨는 아까부터 핸드폰을 들여다보며 뭔가 불안한 듯 손가락을 바삐 움직이고 있다. 마스크를 하고 모자를 쓴 내 옆에 앉은 할아버지는 잔뜩 굳은 얼굴로 함께 온 청년과 이야기를 나누고 있다. 반짝거리는 구두를 신은 젊은 남자가 안타까운 얼굴로 말한다.

아까도 말했지만, 위에서 전이가 된 것이기 때문에 간암이라고 할 수 없대요.

그럼, 위암이야 간암이야? 저쪽 병원에선 간암이라고 하고, 여기선 위암이라고 하고. 내 참……

할아버지는 투덜대며 젊은이의 얼굴을 잠깐 보더니 고개를 아래로 푹 숙여 버린다. 무거운 침묵이 흐른다.

이것을 할 것인가, 말 것인가. 살다 보면 어느 쪽으로 가야할지, 무얼 붙잡아야 할지 모르는 막막한 때가 있다. 탈출구가 보이지 않는 캄캄한 공간에 홀로 남아 숨이 멈출 것 같은 아득한 그런 순간이 있다. 그런 순간에는 불안에 떨고 있는 자신을 타인처럼 보기만 한다. 암이요, 재발이요, 하는 말들은 무서운 말이다. 무릎이 육 개월 만에 다시 재발했을 때 사십 대 중반으로 보이는 의사도 떨고 있는 것 같았다.

재발했어요. 이유를 알 수 없어요. 고관절 뼈와 골 시멘트를 떡고물처럼 섞어 했는데…… 그냥 자기 뼈로만 하면 재발이 잘 되거든요. 원래 이 거대세포종양은 재발이 잘 되긴 하지만……

당황한 의사는 어눌한 목소리로 말하고는 연둣빛 동산이 보이는 창가로 가 한참 서 있었다. 그의 뒷모습이 환자처럼 고독해 보였다. 지난번 진찰실 벤치에서 만난 소년은 오른쪽 무릎의 악성세포가 종아리로 전이돼 다리를 절단했는데도 환하게 웃는 얼굴로 나타났다. 주위의 어른들은 아이의 천진스러운 모습을 차마 볼 수 없어 고개를 돌렸다. 신은 침묵하고 있었다.

지난가을, 분노한 태풍은 나무들을 쓰러뜨린 뒤 산 너머 바다 멀리 사라져 버렸다. 그때의 그 아득한 절망이 밀려온다. 나는 진찰실을 나와 복도 끝에서 무정한 동산을 보며 알 수 없는 생을 붙잡고 울었다. 어떻게 할 것인가. 처음부터 다시 시작할 것인가, 말 것인가. 다시 수술할 것인가, 아니면······

나는 다시 하늘의 푸른색, 희망을 택하기로 했다. 정형외과의 투병이란 참고 참으면서 끊임없이 운동, 또 운동하는 것이다. 나는 참으면서 아름답고 눈부신 날들을 유리문을 통해 훔쳐보면서 살아 있음에 감격할 것이다.

간호사가 진료실 문을 열고 이름을 부르면 여기저기서 네, 하는 소리가 들린다. 나는 의사의 입에서 어떤 말이 떨어질지 두려워 떨고 있다. 모든 것이 괜찮다고 생각하다가도 어쩔 수 없이 사는 것이 무서워지고 두려워진다. 그러다가 내가 왜 이렇게 달갑지 않은 장소에 있게 되었는지 양파껍질 벗기듯 이유를 더듬어 본다. 베일에 싸인 삶의 얼굴. 나는 반사적으로 아름답고 향기로운 것을 떠올려 본다. 잊지 못할 추억 속을 헤매다 지금 내가 어디에 있는지 잠깐 잊어버리고 미소를 짓는다.

전광판 대기자 명단에 연둣빛 내 낯선 이름이 올라왔다. 가슴이 두근거리기 시작한다. 환자는 자신의 이름을 부를 때까지의 이 시간이 가장 아찔하다. 어느 순간 원하지 않은 말을 듣게 되지 않을까, 하는 두려움과 공포가 비구름처럼 몰려오기도 한다.

미세먼지가 먼 산을 뿌옇게 가리고 가까운 주위 사람들은 누군가의 한마디 말에 가슴 아파하고 이 병 저 병으로 육체는 신음하며 이 시대의 황량한 기운에 허덕인다. 사람은 나이가 들수록 추락하는 것이 아니라 점점 더 높이 날 수 있다. 잘 살아온 사람에게서 뿜어 나오는 빛, 그 한 줄기의 빛. 어느 날, 어느 순간, 그 빛 같은 영혼은 비상하는 새처럼 하늘로 퍼져 나갈 것이다. 빛 같은 사람들의 환영이 병원 벤치의 불안한 내게 찾아와 소망의 힘을 안겨 준다.

간호사가 내 이름을 불렀다. 나는 두려움을 떨쳐 버리고 믿는 마음으로 진료실 안으로 들어간다. 순간 고향 바닷가를 걷고 싶은 충동이 스친다. 레지던트 두 사람은 컴퓨터 화면에 눈을 두고 있고, 중년의 담당의사는 내 얼굴을 한 번 쓱 보더니 괜찮죠? 하고 묻는다. 나는 네, 짧게 대답한다. 의사는 무릎 사진을 찬찬히 보더니 괜찮아요, 하고 말한다. 그리고 진료기록부에 뭐라고 쓰고 나서 간호사를 향해 삼 개월 후에 오게 하라고 지시한다.

나는 의사의 괜찮다는 그 짧은 한마디의 말에 힘을 얻어 두 팔을 흔들며 병원 입구의 커피숍을 향해 걸어간다. 정말, 모든 것은 괜찮은 것이다. 오늘은 기쁜 날이다.

일
어
섭

인간은 선악의 존재이다. 한 몸 안에 악령과 천사가 들
어 있다. 육체 속의 영혼, 영혼 속의 육체는 나눌 수 없는
한배를 탄 세계이다. 몸이 아프면 영혼은 신음한다.

언젠가 수술하고 침대에 누워 있을 때였다. 기다란 손이
벽에다 '투쟁'이라는 글을 쓰고는 사라졌다. 그 게시는 병
과 함께 투쟁의 삶이 시작된다는 암시였다. 그 뒤로 영적
암흑기가 찾아왔다. 좌절감, 후회, 아픔, 상처, 열등감, 분
노, 절망으로 무기력과 우울증에 시달렸다. 병으로 약해진
몸에 어두운 영은 이때다, 하고 인정사정없이 달려들었다.

나는 이중으로 시달리는 곤한 삶으로 허덕였다.

암에 걸리기 전의 어느 새벽녘이었다. 반의식 상태에서 흐릿한 검은 뭉치 같은 것이 다가오더니 몸 안으로 들어왔다. 나는 무서워 떨면서 무의식중에 읊조렸다.

살려 주세요!

그 뒤로 왜소하고 얼굴이 거무튀튀한 키 작은 인간이 몸 속에서 살고 있는 것 같았다. 웅크리고 있다가 벌떡 일어나 온 세포와 살과 피를 휘젓고 다니는 듯했다. 내 속의 어두운 영과 살려는 의지가 부딪쳐 깊고 험한 어두운 골짜기로 빠져들었다.

부엌에 들어가 손에 칼을 쥐면 순간적으로 가슴이 빨리 뛰며 연상작용이 날개를 폈다. 나는 이해할 수 없는 것을 붙잡고, 왜 그 사람이 그런 일을 한 것일까, 하고 생각에 생각을 했다. 차츰 미워하는 감정이 꿈틀거리다가 어느 순간 칼이 흉기로 변해 그 사람을 치려고 했다. 안 돼, 안 돼. 그 사람을 사랑하고 있어. 나는 두 손을 들어 방어했다. 어느 때는 칼이 흉기로 변해 나를 치려고 했다. 이건 사물일 뿐이야. 아무 일 없어, 하고 최면을 건 다음에 사용하곤 했다. 자연히 음식을 안 하게 되고 면역력은 떨어져 영혼은 말라가고 황폐해져 갔다. 모든 것을 다 인정하고 받아들이려고 애써도 헛수고였다. 연상작용은 습관이 되어 약한 의지를 비웃으며 어느 순간 불쑥 들이닥친다. 그러면 나는 낯선 죄의 인간이 되었다. 육체의 고통보다 헛것과의 싸움이 더 힘이 들었다. 병보다도 어두운 영혼이 더 괴로웠다. 나는 사탄의 계략에서 빠져나오기 위해 흉기 앞에서 두 손을 들고 허우적댔다.

저 어두운 존재를 끊어 버리자……

찢어 버리자……

부숴 버리자……

잿빛 거리를 걷다 보면 "내 속엔 내가 너무도 많아 당신의 쉴 곳 없네." 하는 애절하고 슬픈 「가시나무」 가사가 억눌린 가슴에서 절로 흘러나온다. 어둑한 그림자가 따라다니는 듯해 갈 길을 멈추곤 뒤를 돌아다본다.

그 무렵 어느 새벽녘의 꿈이었다. 희끄무레한 가슴의 문이 보였다. 문의 한쪽은 침침하고 한쪽은 환한 기운이 감돌았다. 몸 안에 어둠과 밝은 기운이 맞붙어 끙끙거렸다. 어느 한쪽이 다른 한쪽을 누르기 위해 상대방 쪽으로 쳐들어갔다. 나는 가위에 눌려 신음했다. 천사와 악령의 투쟁 장소인 몸에서는 죽음의 냄새가 났다. 몸 안의 세포들은 시들고 어둠은 안개처럼 몸 구석구석으로 퍼져 나갔다. 삶의 한복판에서 죽음을 연습하며 하루하루 아슬아슬하게 살아갔다.

낮에는 주인밖에 모르는 나이 든 초롱이를 데리고 밖으로 나와 걸어 다녔다. 입술을 달싹거리며 사막으로 추방당한 사람처럼 나지막한 목소리로 읊조리곤 했다.

살려 주세요……

입 밖으로 나오는 암호와 같은 말들, 사월의 뿌연 대기와 황사 먼지, 고층아파트와 길에서 쏟아져 나오는 소음과 고막을 찢는 듯한 차 소리…… 동네 길가의 나무들은 침묵 속에서 안타까운 여자와 헉헉거리는 개를 지켜보고 있다.

누워 있으면 죽고, 걸으면 산다고 했다. 나는 살기 위해 개를 데리고 밖으로 자주 나갔다. 눈에 보이는 산야는 홀로 아름답게 꽃 냄새를 사방으로 풍기고 있었다. 저 싱그러운 냄새가 조금만 몸 안으로 들어와도 살 것만 같다. 개도 주인도 잘 걷지 못해 절뚝거리며 길을 걸어 다녔다. 어딘지

166

자신을 닮아 있는 개와 함께 걷고 있노라면 파도처럼 슬픔이 밀려온다. 충실하고 영리한 개는 주인이 고통당하는 것을 알고 근심 걱정 가득한 얼굴로 길을 가다가 쳐다보곤 한다. 말은 못 하지만 개의 눈빛엔 슬픈 그늘이 어려 있다. 개의 그런 얼굴이 어떤 사람보다도 내 마음을 끌어당긴다. 개와 함께한 잊지 못할 기쁘고 신나는 추억도 어른거린다.

건강했던 초롱이는 과천으로 이사와 아파트에 살게 되면서 적응을 못 하고 시름시름 앓고 있다. 수유리 숲속 사택에 살 때는 비 오는 날에도 학교 입구 경비실 옆에 서서 비 맞으며 나를 기다리곤 했다. 경비 아저씨가 안으로 들어오라고 해도 그렇게 눈 빠지게 문 쪽만 보고 서 있는다고 했다. 바깥에 나갔다 언덕진 길을 걸어가면 먼발치 숲속에서 기다리고 있다가 껑충껑충 기뻐하며 달려왔다. 둘만의 재회의 축제 속에서 가슴은 기쁨으로 터질 듯했다. 초롱이는 아파트 생활을 견디지 못하고 어느 날 세상을 떴다.

혼자가 된 나는 슬픔을 견디지 못하고 자꾸 집 밖으로 쏘다녔다. 그래도 슬픔은 어느 순간 느닷없이 밀려와 나를 포위해 버렸다. 나는 우울한 나에게서 벗어나기 위해 작은 하얀색 몰티즈를 입양했다. 항상 푸르게 하늘처럼 바다처럼 살라고 이름은 푸르미로 지었다. 푸르미는 적당히 거리를 유지하며 자기중심적으로 살아가는 공주과에 속했다. 푸르미는 나이 든 부부가 서로에게 그러듯 감정을 드러내지 않아 속을 모르겠다. 그렇지만 푸르미의 슬픈 눈은 주인을 좋아하고 있다는 것을 말해 주고 있다.

의학이 발달한 지금도 항암주사는 정상세포까지 죽이면서 암세포를 공격한다. 다른 환자들과 함께 온갖 약 냄새가 쌓이고 쌓여 곧 터질 것 같은 주사실 의자에 앉아 주사를 맞는 시간은 참 고통스럽다. 몸 구석구석의 힘까지 점점 빠지면서 어두운 미궁 속으로 추락한다. 쓰러지는 세포들이 쇠잔한 골짜기로 떨어지면서 살려 달라고 비명을 지른다. 한마디로 주사를 맞는 시간은 생과 사의, 영혼과 악령의 피나는 전쟁터 같다. 신음하는 몸뚱이인데도 영원에 대한 갈망이 또한 무성하게 피어나기도 한다. 가장 괴로운 것은 죄악으로 물든 어두운 생각들이, 쓰러져 간 세포들 사이에서 불쑥불쑥 얼굴을 내밀 때다. 헛것들과의 싸움으로 천국과 지옥이 내 안에서 치열하게 왔다 갔다 하며 납작하게 나를 밟아 버린다. 오늘은 쉬게 하겠다, 악령의 우두머리가 말하고 물러가기도 한다. 고통이 차고 넘친다. 고통이 땅으로 스며들고, 공중으로 날아가고.

하늘과 땅 사이에 있는 나는 새로 태어나고자 하는 간절한 마음으로 허기를 채운다. 병든 육체처럼 영혼이 고갈되어 가는 절망 속에서도 희망이 솟구쳐 오르면, 구원의 빛이 어떠한지 한번 만져 보고 싶어진다. 신이 살아 있다면, 유배당한 것 같은 이 절망의 자리에서 그의 목소리를 한번 듣고 싶어진다.

카프카의 소설 「변신」을 보면 주인공은 하루아침에 벌레로 변한다. 나는 의사의 입에서 "암입니다!" 하는 말이 떨어진 순간 사방이 막혀 버린 캄캄한 벽의 절망의 바닥으로 내동댕이쳐졌다. 벽 안의 날개 찢어진, 피 흘리는 새는 밖의 환한 세상으로 탈출하기 위해 계속 파닥인다.

영의 눈을 떠서 보면 절망의 컴컴한 바닥에서 빠져나오기 위해 찢긴 날개로 파닥거리는 사람들이 보인다. 날다 떨어지고, 또다시 날아 보려는 고통 속의 사람들. 어느 순간, 구원의 하얀 손이 그들의 날갯죽지에 닿아 있음을 본다. 부서진 날개에서 빛이 나는 것을 본다. 어둠 속에서도 문은 열려 있고, 문 밖으로 나가면 처음 보는 무지갯빛 광채가 하늘에 비치고 있는 것을 볼 것이다. 이 빛을 보기 위해 암에 걸렸을 것이다. 그게 아니라면 고통은 아무 소용이 없다. 몸은 고통 속에 있지만, 영혼은 기쁨인 것이다. 슬픔과 아픔으로 잉태한 빛의 날개, 고통을 극복한 사람들에게 안겨 주는 신의 최고의 선물이다.

병과 싸워 이기는 강력한 무기는 꿈과 환상과 계시다. 언젠가의 꿈에, 마른 국화꽃에 밝은 치유의 햇살이 한 가닥 비쳐 들었다. 빛이다, 살아났구나! 또 언젠가의 꿈속에선 사랑한다, 영원히! 하는 소리가 허공에서 들려왔다. 우리는 사랑의 확인 없이는 살아갈 수 없는 연약한 존재이다.

그 무렵의 어느 새벽녘이었다.

신信, 믿어라! 하는 큰 소리가 허공에서 뚜렷하게 들려왔다. 그 뒤 얼마 지나서였다. 검은 악령이 옆구리에서 폴싹, 폴싹 하고 빠져나가는 소리가 꿈속에서 들려왔다. 그 환영이 스치고 나서 자리에서 일어났다. 몸이 날 것처럼 가벼웠다.

나
의

오
른
발

　오른쪽 무릎이 아파 병원에 갔다. 의사는 엑스레이를 찬
찬히 보더니 재발입니다, 하고 당황한 표정으로 짧게 말했
다. 그 순간 의사의 한마디 말에 나는 상한 벌레가 되어 컴
컴한 절망의 바닥으로 떨어졌다. 이십여 년 동안 무릎에 인
조뼈를 넣고 잘 살았는데, 재발이라니……

　"원래 무릎종양은 재발이 잘 됩니다." 의사는 무슨 탐구
대상이라도 되는 것처럼 나를 찬찬히 훑어보다가 말을 덧
붙인다. "그런데 이십 년 넘어 재발하는 경우는 처음 보긴
합니다. 정말 드문 일인데……"

삼 년 동안 직장암과 싸우면서도 희망 속에서 살았는데, 이제 다리까지 재발이라니……

내가 붙잡고 있던 신의 손길은 보이지 않고, 사방이 캄캄하고 탈출할 문은 보이지 않는다. 다리가 점점 쑤시고 조여들어 걷기가 힘들었다. 그런 나에게 친구가 수원역 근방에 살고 있는 중국 선교사가 만든 고약이 몸에 좋다고 알려 주었다. 나는 이번에는 수술하지 않고 대체의학으로 좋아지기를 바랐다.

언덕바지의 골목길에 양철지붕의 중국인 교회가 있었다. 조그마한 십자가가 아치형 대문 위에 걸려 있는 그 문으로 일요일이면 들어갔다 나오곤 했다. 고약을 붙이고 집으로 돌아가는 해 질 무렵 먹자골목을 지나 수원역을 향해 걸어갔다. 네온사인 불빛이 현란한, 시끄럽고 지저분한 길로 젊은이들이 몰려다닌다. 눈에 비친 한여름 밤의 풍경은 한없이 공허하고, 나는 중심을 잃고 넘어질 듯 비틀거리며 한 걸음씩 걸어간다. 혹시 넘어질까 봐 상점가 쇼윈도 쪽으로 다가가 벽이나 진열장을 짚고 걸었다. 도시의 또 다른 얼굴 같은 음습하고 그늘진 풍경 속으로 걸어가다 보면 뿌연 먼지가 어느새 손에 묻어 있다.

잿빛 하늘은 점점 두꺼워져 신음하는 대지를 누르는 듯하다. 뭔가가 터질 것 같은, 뭔가를 기다리고 있는 회색이다. 입 밖으로 빠져나간 탄식은 다시 내 몸속으로 들어와 세포 구석구석으로 퍼져 나의 현실을 일깨워 준다. 어둠 속으로, 어둠 속으로 들어가 참고 견디는 힘으로 한 걸음씩 걷게 하는 나의 오른발.

인조뼈를 넣은 뒤로는 조그마한 피로에도 무릎이 곧 굳어 버리고 만다. 자신의 몸속에 무감각한 이물질이 들어 있다는 것은 섬뜩한 일이다. 그것은 살아서 움직이고 생성하고 변화하는 생명의 반대쪽에서, 살아 있는 것들을 고통의 아가리에 잠기게 하는 속성을 지니고 있다. 나의 투병은 굳어 가는 다리에 끊임없이 생명의 입김을 불어넣는 일이다. 비정상적인 세포의 싹이 못 트도록 생산적인 삶을 살아야 한다. 끊임없이 새로운 공기를 마시며 새로운 존재로 태어나야 한다.

수원역 가는 도중에 공원이 있다. 그곳 벤치에 앉아 그리운 사람에게 문자를 보낸다. 신의 손이 내 손을 놓아 버린 것일까, 내가 신의 손을 놓아 버린 것일까. 죄가 깊어 나를 친 것일까. 가까운 사람을 있는 그대로 인정하지 못하고 서운하고 배신당한 느낌 때문에 사랑하지 못한 죄, 주홍빛 같은 죄. 그 피가 나를 감싼다.

죄의 그늘과 희망 사이에서 왔다 갔다 하며 얼마쯤 더 가다 보니, 어느 교회에서 노숙자들에게 저녁식사를 제공하는 놀이터가 나온다. 사람들은 주위를 서성이다 천막 속의 아주머니들에게 간다. 음식을 쟁반에 담아 주는 아주머니들의 따뜻한 손길, 어둠 속에서 따뜻한 밥과 국을 먹는 공원 벤치의 사람들. 캄캄한 바다를 비추는 등대불빛 같은 따스한 정경에 두리번거리며 서 있는데, 허름한 옷차림의 한 남자가 다가와 말한다.

식사하고 가세요.

살길을 잃어버려, 노숙자 같은 나를 어떻게 알아본 것일까. 그는 무심코 던진 한마디였을지 모르지만 그가 남긴 말의 파문은 내 가슴속에 오래 맴돌았다. 나는 다시 일어서야 했다. 다시 일어서서 이 세상의 처음과 끝을 당당히 걸어야 했다.

하지만 나의 안간힘에도 다리는 점점 조여들고 걷기가 힘들었다. 결국 나는 또 수술을 하게 되었다. 삼 주간 병원에 있다가 집으로 돌아와 인내 속에서 걷는 연습을 했다. 일어나 걷게 되면 뒷산 입구 나만의 장소에 가고 싶다. 그동안 계곡 옆의 나무들은 얼마나 컸으며, 낙원에 이르는 길을 연상시키는 환한 산길은 얼마나 눈부실지……

몸이 부자유스러우면, 언젠가 잘 걸을 수 있으리라는 꿈은 푸르른 숲이 된다. 나는 그 꿈의 힘으로 싸워 나간다.

어느 날 밤 꿈속에서 빛 같은 환상을 보았다. 가슴의 문이 빠끔히 열려 있는 사이로 얼굴이 가무잡잡하고 야윈 낯선 두 이방인이 내 몸을 빠져 천천히 걸어갔다. 뭔가 아쉽다는 듯이 가다가 내 쪽을 돌아보고, 또 얼마쯤 가다가 힐끗 뒤를 돌아보았다. 헐렁하게 열려 있는 문으로 다시 들어오고 싶은 아쉬운 표정이다. 침침한 저 몸속에서 어두운 새끼들을 퍼뜨릴 수 있을 텐데, 하는 듯한 얼굴이다.

나는 꿈에서 깨어나자, 하얀 종이에 커다란 글씨로 썼다.

살아났다!

환
희

　요양소는 남도의 깊은 산속에 있었다. 밤이면 앞산의 시
냇물 소리가 빗소리처럼 가까이 들려 잠에서 깨어나곤 했
다. 나는 창가로 다가가 외등 불빛에 어슴푸레한 밤풍경을
보며 세상을 떠돌아다니는 건강한 내 모습을 그려 보곤
했다.

　나는 닷새 동안 항암주사를 맞고 나서 삼 주 쉬는 기간
에 어지러운 세상을 피하듯 요양소를 찾곤 했다. 이곳의 환
우들은 같은 병을 앓고 있어 그런지 연민과 친근감이 느
껴졌다. 무슨 말을 해도 나를 보듯 그 이면의 숨은 뜻을 알

듯했다. 우리는 공기처럼 익숙한 외로움 속에서 건강한 모습을 바라며 힘겹게 매일 투병했다.

적막한 산속에서 자신과 신과 싸우며 고통의 바닥에서 허우적거리다 보면, 저 산 아래 시끄러운 세상에서 일어나는 모든 일들이 허무하고 또 허무하게 느껴진다. 무엇 때문에 스스로를 억압하며 살았는지. 죽음과 삶이 마주보고 있는, 버림받은 유배지 같은 이곳의 날들 속에서 때 없이 살아나는 지난날의 상처와 회한이 가슴을 누른다.

나는 바로 이곳에서 새로 태어나야만 했다. 몸 안의 세포마다 새로워져 머리끝에서 발끝까지 달라져야 했다. 하늘도 땅도 새롭게 보고, 어린애처럼 단순하고 평온해야 했다.

환우들은 일찍 일어나 새벽을 깨우며 살려 달라고 신에게 매달린다. 아침식사한 후에는 차도 마시고 대화도 하면서 좀 쉬었다가 뒷산에 오르고, 오후에는 휴식을 취한 뒤 만병을 다스린다는 태극권의 오장공을 한다. 그럴 때는 신음하는 인간들을 하늘은 따스한 두 팔로 안아 주는 듯하다. 저녁엔 함께 모여 성경도 읽고, 가끔가다가 영화도 보고 미술과 음악치료도 받곤 한다. 고요한 숲속 요양소에서도 시간은 잘 간다. 집안일을 하지 않고 건강에만 신경 쓰며 가장 단순한 것들만 하는데도 시간은 어느새 사라져 버린다. 하루가 가고 또 하루가 지나면 낫고자 하는 소망은 푸른 새가 되어 점점 높이 날아간다.

요양소에서는 이른 아침 대나무로 발바닥을 치고 발목 펌프 운동을 한 뒤, 웃는 연습을 한다. 여기서는 남들이 억지로 웃는 모습이 우스워 웃음이 나왔는데, 집에서는 아무리 웃으려고 해도 웃음이 나오지 않았다.

어느 날, 화장실 거울 앞에서 하늘의 축복처럼 갑자기 웃음이 터져 나왔다. 살겠다고 억지로 웃으려는 내 꼬락서니가 슬픈 어릿광대처럼 느껴지면서 웃음이 나왔다. 익숙한 삶의 자리에서 한 발짝 벗어나 무대 위의 배우를 보듯 빙글빙글 어지럽게 돌아가는 세상살이를 보면 웃음이 쏟아졌다. 너무 빠른 세상의 변화 속도가, 사람 사이의 단절이 무서워 나를 지키려는 듯 웃어 젖혔다. 미세먼지나 황사 바람이 부는 날 마스크와 모자와 선글라스로 얼굴을 거의 가리다시피 한 행인들을 보아도, 비싼 아파트가 또 올랐다는 신문기사를 보아도 웃음이 터져 나왔다. 사람이 다니지 않는 호젓한 길을 걷다 보면 불쑥 잘 살아 보려는 의지가 솟구치는가 하면 어느 순간 비명처럼 웃음이 터져 나와 나무들 사이로 퍼져 나갔다.

어느 날 지하철 안에서였다. 내 앞에 앉은 허름한 옷차림의 삼십 대쯤 돼 보이는 여자가 혼잣말하다가 갑자기 웃기 시작했다. 꾀죄죄한 배낭을 바닥에 내려놓은 그 여자는 나와는 달리 진짜로 웃고 있었다. 웃을 만한 어떤 일이 갑자기 떠올라 웃는 것인지, 웃음이 건강에 좋다고 하니까 저렇게 웃고 있는지, 웃음을 그칠 수 없는 병에 걸려 저렇게 슬프게 웃고 있는지 궁금했다. 이 시대의 무엇이 저 여자로 하여금 진짜 웃음을 웃게 하는 것일까. 가짜 웃음을 웃어야만 하는 사람들이 너무 많은 이 시대에 무엇이 저 여자를 웃게 하는지…… 미치게 하는지……

가짜 웃음을 웃어야만 하는 나는, 삶의 이탈자인 그 젊은 여자에게서 동류의식을 느꼈다. 웃을 수밖에 없는 여자의 알 수 없는 슬픈 운명이 폐부를 찌르며 지나간다. 나는 웃어야만 병과 안녕할 수 있다. 나에게 웃음은 신의 선물이며 건강을 지키는 보약이다. 거울 속의 여자는 살기 위해 하하, 흐흐 웃는다. 이렇게 웃기 위해 연습하다가 미쳐 가는 미지의 여자를 닮아 가는 것은 아닐까.

개 눈에는 무엇만 보인다고, 그 뒤로도 혼자 말하고 웃고 하는 슬픈 사람들이 흐린 날이면 더 자주 눈에 띈다. 어느 순간 삶의 고삐를 놓아 버리고 저렇게 미쳐 갈 수밖에 없는 이 시대의 공기가 슬프고 무겁기만 하다.

창밖엔 이월의 차가운 비가 내리고 있다. 자리에서 일어나 보니 오른쪽 정강이가 뻣뻣하게 굳어 있다. 나는 아픈 부위를 손으로 두들기고 뒤꿈치로 바닥을 탁탁 치기도 한다. 비가 오니 육체가 먼저 알아보고 십 분이 지나도 풀어질 기미가 보이지 않는다.

풀어 주세요!

날씨가 추워지자, 자리에서 일어서면 어느새 다리가 경직되어 있다. 사슬로 감겨 버린 듯한 지체의 한 부분, 굳어지는 속도가 갈수록 빨라지고 있다. 나는 탈출구인 베란다 통유리 밖 풍경을 물끄러미 바라본다. 하늘이, 새들이, 발가벗은 나무들이 참고 또 참으라고, 인생의 위대한 스승처럼 속삭여 주고 있는 듯하다. 동네 아래 한길 가로수 키 큰 은행나무들이 지붕 너머로 반갑다고 손을 흔들어 주는 듯하고, 일 단지 메타세쿼이아 나무들이 침묵 속에서 거리와 집을 내려다보고 있다. 이 도시의 공기를 마시며 숨 쉬고 있는 동반자 같은 나무들은 새로운 기운이 이 땅에 퍼져 나가길 인내 속에서 희망하고 있는 것처럼 보인다. 얼마 있으면 목련 꽃봉오리들이 흐드러지게 필 것이다.

사방이 짙은 잿빛 날씨에 비 내리는 풍경이 마치 러시아의 페테르부르크의 침침한 날씨를 그대로 옮겨 놓은 듯하다. 파스텔풍 은은한 빛깔의 아름다운 건물과 우주 같은 두꺼운 외투를 걸치고 묵묵히 회색거리를 걸어가고 있는 행인들의 풍경 속에서 내 속의 굳은 것들이 비명을 지르며 달아나는 것 같았다. 희부연 안개 속 같은 이국의 잿빛 거리, 삶의 열리지 않는 문 앞에서 죽어 간 영혼들이 비로소 희미한 빛이 되어 떠도는 것일까.

풀어 주세요! 사슬을 풀어 주세요!

이제 일어나 걷게 되면 뜰에다 분홍빛 매발톱꽃과 갖가지 색깔의 장미를 심고, 겨울을 이겨 낸 동네 친구 같은 참나무의 두꺼운 껍질을 쓰다듬어 주고 싶다. 참나무 아래 벤치에서 만난 그리운 사람들이 어른거린다.

　작년 가을부터 무릎이 약해져 절뚝거리기 시작했다. 그전까지는 인공관절 넣은 무릎으로, 어디선가 꽃들의 축제가, 비상하려는 새들의 축제가, 자연스러운 영혼들의 축제가 부르는 듯한 환상에 빠져 헤매고 다녔다. 뜨거운 태양이 물러간 뒤의 여름날 해 질 녘, 사람들은 낮과는 다른 하루를 보내려는 듯 밖으로 나왔다. 나는 여름 저녁의 스산한 공기를 마시며 취한 듯 걸어 다녔다.

　다리가 풀어졌다 다시 굳어지고, 그러다 걷게 되면 기쁘고, 다시 굳어지면 한 부분의 지체로 삶이 정지한 것 같고. 기적처럼 풀어지면 이 일 저 일을 하고. 그러면서 시간이 후딱 간다. 인생이 무참하게 흘러가고 있다. 허공에선 육체를 벗어난 혼이 날아다니는 듯하고, 미친 사람처럼 손발을 흔들어 대며 끙끙대는 자신을 보면 낯선 여자가 웃고 있는 듯하다.

동네 병원에선 인공관절이 이완되어서 그렇다고 했다. 이유는 알 수 없지만 뼈와 관절이 서로 어긋나 다리의 한 부위를 정지시켜 버린 것이다. 질서에서 이탈한 이 작은 부위가 온몸으로 나르는 고통의 무게로 시들어 가며, 반사적으로 몸과 마음이 따로 놀지 않는 평온한 날을 그리워하며 겨울의 한복판을 지나고 있다.

그러던 어느 날, 고관절 수술 성공으로 지금은 원하는 곳은 어디든지 갈 수 있게 된 멋쟁이 친구가 전화했다.

어디서 읽었는데, 가슴에 무덤을 품고 살아야 한대. 무덤 곁을 그냥 지나가는 것이 아니라, 무덤을 품고 살아야지, 그 죽음이 부활로 이어진대.

막막한 현실이 무덤처럼 절망으로 와 닿는다. 두드려도 열리지 않는 문. 왜 문이 보이지 않는 뿌연 사막 같은 길을 걷게 하시는 걸까? 가슴속 무덤은 잔인하고 무섭고 고통스럽다. 저 산 너머 광활한 땅에서 높은 곳으로 퍼져 가는 빛은 어떤 삶을 말하려는 것일까. 그 빛에 이어져 있는 것은 또 무엇일까.

나는 살아남기 위해 신과 육체와 영혼의 격투를 하기 시작한다. 악령과 천사가 맞붙어 굵은 피가 떨어지는 듯하다.

음험한 악령들이 마구 돌아다니며 절망의 구덩이를 파 놓으면, 천사들이 날갯짓하며 생기를 나른다. '여태까지 믿고 따랐는데, 버리십니까?' 바라고 또 바라면서 어둠 속으로 떨어지고, 추락하면서 외줄을 잡고 온갖 힘으로 기어오른다. 목숨과 죽음 사이를 왔다 갔다 하며 몸은 기진해 간다.

길가의 키다리 은행나무가 뿌연 수묵화처럼 보이는 어느 날의 오후였다. '이 겨울, 무엇으로 이겨 낸다는 말인가······' 그런 생각을 하며 베란다를 왔다 갔다 걸을 때였다. 어느 순간, 나의 온몸이 빛으로 휘감겼다. 먼 데서 찾아온 환한 손님, 순간 밖에서 예기치 않게 쳐들어온 이 빛. 위에서 쏟아지는 따사로운 생명과 선물.

이른 아침의 꿈이었던가, 환영이었던가. 팽이 하나가 하얀 빛을 발하면서 뱅글뱅글 돌아갔다. 주위는 어둠침침한데, 팽이 홀로 빛을 뿜으면서 뱅글뱅글, 바라는 빛을 향해서, 뱅글뱅글 맴돌았다.

사월 중순의 어느 날이었다. 오전 아홉 시경 국민이 티브이로 지켜보는 가운데 세월호는 점점 침몰하고 있었다. 진도 팽목항 조도 앞바다에서 이백오십 명의 학생들이······

바다는 피바다가 되고 봄의 산야는 또 한 가닥 한限의 그늘로 덮여 버렸다. 젊은 영혼들은 분노한 바다를 떠도는 듯하고, 이 나라 산천 구석구석에 스민 울음소리가 장엄한 진혼곡이 되어 사방으로 울려 퍼지고 있는 것 같았다.

정말 버리시나이까?
이 민족을 버리시나이까?

책상 앞에 앉아 잠깐 메일을 보고 일어났는데 다리가 굳었다. 이제 곧 짧은 해는 산 뒤로 넘어갈 것이다. 가슴속 무덤 위로 거친 잡풀만 무성하게 자라고 있다. 어둠으로 빈틈이 없는 검은 절망이 사방에서 사나운 바다처럼 출렁거리고 있다. 그때였다. 희미한 소리가 가슴에서 허공으로 퍼지며 아침 햇살처럼 온몸을 에워싼다.

버리지 않는다!

머리끝에서부터 발끝까지 어떤 기운이 휙 돌더니 아침 햇살의 빛다발이 밀려오면서 그 속으로 아픈 육체가 쏠린다. 피노키오 다리처럼 이쪽저쪽에서 뚝딱 소리가 나는 것 같더니 걷고자 하는 발이 한 발 앞으로 움직인다. 눈덩이가 녹듯이, 굳은 것이 자연스럽게 풀어져 또다시 한 발을 옮긴다. 청계산 산봉우리에 희망의 징조처럼 연둣빛 테가 빙 둘러 있다. 높은 산은 하늘과 가깝고 연둣빛은 희망이다.

육십 년 만에 찾아온 청마의 해. 짙푸른 말이 대기를 뚫고 창공 높이 뛰어오르는 듯하다. 뿌연 잿빛 대기 속으로 무언가 환한 것이 떠다니고 있다. 무덤을 박차고 일어선 빛의 혼들이 남쪽의 산야 곳곳에서 날갯짓하며 승리의 노래를 부르고 있다.

봄이 물러가자 다리는 더 심각해져 병원에 입원해 수술을 받았다. 같은 자리 무릎만 네 번째이다. 이번엔 종양 재발 때문이 아니라 무릎의 인공관절을 바꾸고 금속 고관절을 넣은 것이라 기쁨이 흘러넘친다.

버리지 않은 신의 사랑에 감사하는 마음이 굳어진 몸의 비정상적인 틀을 바꾸어 버린다. 삐걱거리는 육체의 층계를 지나자 달라진 인생이 맞이할 새로운 계절이 기다리고 있다. 막막한 안개 같은 인생의 바닥에서 새로운 영혼이 태어날 때마다 맞이하는 눈부신 첫 하늘과 새 땅이다.

존재는 슬프다

　동네에서 우연히 고등학교 동창을 만났다. 친구는 두 마리 개와 함께 산책하고 있었다. 두리라는 잡견의 눈엔 눈물이 고여 있고, 얼굴엔 슬픈 기가 감돌았다. 표정이 풍부한 음영이 드리운 얼굴이다. 슬픔이 어려 있는 깊숙한 눈엔 주위를 살펴보는 애잔함이 스며 있어 보호해 주고 싶은 마음이 든다. 또 한 마리는 온실 같은 집 안에서 곱게 자란 하얀 몰티즈. 근심의 그늘이 없는 밝은 얼굴로 이리 왔다 저리 갔다 날뛰며 주인을 성가시게 한다. 친구가 가자, 하고 말하면 나무 밑에서 흙을 파다가 한참 있다 따라온다. 뭐라고 한마디만 하면 곧 눈물방울이 떨어질 듯한 두리한테 가서 괜히 컹컹 짖어 대기도 한다.

그런데 사람들은 고생을 모르고 얼굴에 그늘이 없는 몰티즈보다 아직 눈물이 마르지 않은, 속이 깊고 붙임성 있는 두리를 훨씬 예뻐하고 좋아한다고 했다. 두리는 주인이 이사 갈 때 잔인하게 버리고 간 개라고 한다. 믿었던 주인에게 배신을 당했지만, 그 존재는 고통 속에서 더 깊어지고 넓어진 것이다.

두리는 삼 년 동안을 주인의 냄새와 흔적이 배어 있는 동네에서 떠돌며 살았는데, 사람을 믿지 못하는 마음인지, 누구도 접근하지 못하게 으르렁거리며 사나웠다고 한다. 친구는 그 불쌍한 개를 주시하고 있다가 몇 달 전에 먹이로 유인해 간신히 붙잡았다. 눈물 자국으로 눈 밑이 자줏빛으로 팬 두리는 떠돌이 때처럼 지금도 저녁 열한 시쯤 딱 한 끼만 먹는다고 한다. 새 주인이 준 사료를 먹고 나선 슬프지만 고맙고 기뻐하는 눈빛으로 주인을 본다고 한다.

그게 두리의 감사 표시야.

친구는 두리를 쓰다듬어 주면서 말한다. 두리를 통해 인생을 공부하는 것처럼 보인다. 두리는 북한산 기슭에서 살

때 키우던 초롱이와 어딘지 모르게 비슷하다. 초롱이는 덤벙거리지 않고 쉽게 감정을 드러내지 않았다. 주인의 마음을 들여다보고 이해하는 듯했다. 달밤에 교정을 산책할 때는 멀찍이 떨어져 지키다가 누군가 지나가면 컹컹 짖어 댔다. 두 번 임신해 새끼를 일곱 마리 낳았지만 전부 입양시켜 이별의 아픔을 겪기도 했다. 뜰의 처마 밑에 흙을 파고 햇살 속에 앉아 있기를 좋아해 피부병에 자주 걸렸다. 그때마다 침착하게 견디며 병을 이겨 내곤 했다.

한번은 동물병원에서 전화가 왔다. 잠깐 자리를 비웠는데 초롱이가 문이 열린 틈에 나간 것 같다고 의사는 당황한 목소리로 말했다. 전화를 받고 뜰로 나가 보니 언제 왔는지 햇살 따스한 자기 자리에 무언가를 해냈다는 흐뭇한 얼굴로 앉아 있었다. 피가 묻은 붕대를 질질 끌고 달려오느라 붕대는 풀어져 너덜너덜했다. 동물병원에서 언덕 위 학교 사택까지 오려면 건널목을 세 번이나 건너야 하는데, 어떻게 온 것일까.

우리 집 뜰엔 떠돌이 얼룩고양이 세 마리가 살고 있다. 일 층에 사는 아주머니가 추운 거리에서 새끼고양이가 다쳐 걷지 못하는 것을 보고 치료해 주다 어떻게 해서 엄마

고양이와 언니고양이까지 우리 집 꽃밭 처마 밑에서 살게 되었다. 가끔 아버지처럼 보이는 큰 암갈색 수컷고양이가 나타나 처자식이 잘 있는지 한번 휙 돌아보고 어디론지 허청거리는 발걸음으로 사라졌다. 그 뒤 얼마 있다가 일 층 아주머니 딸 친구가 언니고양이를 키우겠다고 데려갔다. 남은 엄마고양이와 새끼고양이는 힘이 없어 보였다.

한 마리 고양이가 없어진 다음 날 해 질 무렵이었다. 귀에 익은 공포 어린 고양이 울음소리가 들려왔다. 나는 직감적으로 뜰에 살고 있는 엄마고양이라는 생각이 들었다. 사라져 버린 자식을 찾아 헤매는 목멘 어미의 울음소리인 것이다. 어두운 밤에 야옹야옹 슬피 우는 애절한 소리가 가슴을 아리게 한다. 늦은 저녁이면 자식 찾는 어미의 울음소리가 이쪽저쪽 길에서 들리다가 며칠 지나서야 잠잠해졌다. 낮에 두 모녀는 그림자처럼 종일 붙어 다닌다.

하루는 일 층 아주머니가 시무룩한 얼굴로 말했다.

낮에 보니까 새끼고양이가 옆집 차 밑에 죽어 있었어요. 저녁에 보니까 어미고양이가 자식이 죽은 그 자리에 얼굴을 대고 꼼짝 안 하고 엎드려 있었어요. 자식이 죽은 바로 그 자리에……

어미고양이는 자식이 죽은 꼭 그 자리에 엎드려 새끼의 냄새, 그리운 냄새를 맡으려고 꼼짝 안 하고 있었을 것이다. 자식의 애틋한 모습이, 생생한 기억이 희미해지기 전에 피의 체취를 온몸 구석구석으로 보내기 위해 차디찬 바닥에 얼굴을 대고 있었을 것이다. 보고 싶고 그리워서, 또 보고 싶고 그리워서……

어느 날, 달 밝은 저녁에 베란다에서 밖을 볼 때였다. 검정 어미고양이가 쓰레기 버리는 곳에서 머뭇거리다가 힘없는 발길을 느릿하게 움직였다. 두 마리의 바짝 야윈 새끼 고양이들이 어미 뒤를 따라 힘없이 걸어갔다. 먹을 것이 어디 있나……

한길 건너 일 단지 재건축 아파트 숲은 높이 올라가고 있다. 단독주택을 둘러싼 언덕바지 길 양쪽에도 아파트가 올라가고 있다. 올라가도 너무 높이 올라가고 있다. 길을 가다 얼굴을 들어 고층의 앙상한 콘크리트 아파트를 보기만 해도 숨이 차 헉헉거리게 된다. 전에는 청계산 등성이 너머 불그레한 하늘로 이른 아침 해가 떠올랐는데, 지금은 아파트 사이로 더 붉고 강렬한 둥근 해가 잠깐 비치다가

건물 뒤로 사라져 버린다. 새들은 보금자리를 잃고 꺼이꺼이 울어 대고 있고, 고양이들은 헐떡거리며 먹을 것을 찾아 다니고 있다. 산천초목이 흔들리며 못 살겠다고 아우성치며 신음하고 있다.

목숨이 붙어 있는 존재의 슬픔이 사방에서 강물처럼 흐르고 있다.

지난해 시월에 무릎 수술 입원 날짜가 잡혔다. 벌써 무릎만 다섯 번째이다. 악성종양이 재발하고 또 재발해 수술할 때마다 마치 무인도로 유배당하는 것 같다. 병원 복도의 목을 누르는 듯한 탁한 공기, 침대에 누워서 끊임없이 운동하고 또 운동해야 하는 인고의 날들에서 멀리 달아나고 싶었다. 산책할 데라곤 커다란 등나무 밑뿐이다. 비둘기가 먹이를 쪼아 먹는 풍경을 보다가 무뚝뚝한 간병인이 미는 휠체어를 타고 다시 병실로 돌아가는 게 무겁게 느껴졌다. 오년도 안 됐는데 인공관절이 왜 마모되고 이완되었는지 알 수 없다. 네 번째로 수술하고 이십 일 만에 퇴원한 날, 나는 속으로 부르짖지 않았던가. 이제 암 병동도 안녕, 영상학과 며 진료실도 안녕! 신음도, 허덕거림도 모두 안녕!

투병보다도 나의 간구를 거부하는 듯한 신의 침묵을 받아들이기가 힘들었다. 이제 마음 따라 가고 싶은 대로 갈 수 있는 자유를 내가 나에게 주어야 한다고 생각했다. 나는 진찰 날짜를 일방적으로 삼월로 옮겨 버렸다. 의사를 만나 다시 입원할 수 있는 달을 정하면 되었다. 앞으로 달콤하고 쓰디쓴 몇 개월의 유예기간이 비밀에 싸여 내 앞에 펼쳐져 있다. 유예기간의 대가는 슬픔과 비애였다.

무릎은 그날그날 날씨에 따라, 또는 몸의 상태에 따라 새로운 고통의 무게와 느낌으로 핏빛 같은 신호를 보낸다. 비 오는 날엔 온몸이 물에 젖은 솜처럼 무겁고 발엔 쇠고 리를 달아맨 것처럼 한 발 한 발 떼어 놓기가 힘들다. 추운 날의 꽁꽁 언 길바닥은 끝이 보이지 않는 사막 같고, 사나운 짐승이 집어삼키려고 포효하는 것처럼 느껴졌다.

십일월의 흐리고 음산한 비가 흩날리는 날이었다. 사방은 짙은 회색이다. 물들기 시작한 가랑잎 위로 빗방울이 무겁게 떨어지고 있다. 이런 날 누군가는 베란다에 서서 자신을 유혹하고 있는 듯한 젖은 땅을 하염없이 내려다보고 있을 것이다.

한 달에 한 번, 세 시간 반 전화로 봉사하는 기관은 하월곡동의 네거리에 있다. 누군가의 고민을 들어 주는 것이 내가 맡은 작은 몫이다. 봉사가 끝나고 정류장에서 택시를 기다렸다. 조금 전 누군가가 울먹이며 살기 힘들다고 했던가. 가랑잎처럼 절망으로 젖어 있는 말들이 가슴으로 스며들어 온몸을 무겁게 한다. 이런 날은 따뜻한 안방 아랫목에 있어야 하는 건가.

롯데백화점에 들러 청국장을 먹으러 갔다. 에스컬레이터에서 내려 미끄럽고 번질번질한 바닥에 한 발짝 내딛자 온몸이 한쪽으로 쏠렸다. 나는 짧아지고 덜렁거리는 오른쪽 다리와 단전에 힘을 주고 걸어갔다. 번질번질한 바닥이 나를 삼키려는 동물의 쫙 벌린 입처럼 느껴져 더 이상 걷지 못하고 벽 쪽으로 한 걸음씩 한 걸음씩 걸어갔다. 빗방울처럼 젖어 드는 비애와 슬픔 속에서 빠져나오는 길은, 그 자리에 없는 어떤 기쁜 일을 떠올리며 빠져드는 것이다.

훨훨 날아가는 푸른 나비들, 위로 비상하는 하얀 새들, 수평선 위로 떠오르는 붉은 해, 저 찬란한 빛을 보아라!

십이월의 어느 날이었다. 셋이서 하는 독서모임에 오랜만에 참석하기 위해 집을 나섰다. 강남역에서 내리자 또 반질반질한 바닥이 사나운 짐승처럼 느껴졌다. 뒤에서 옆에서 젊은이들이 떼를 지어 몰려왔다가 흩어지고 또다시 몰려들었다. 인파 속에서 쓰러질 것만 같았다. 미끄럼방지 패드 위로 스틱을 짚고 한 걸음씩 천천히 걸어갔다. 그러나 가다가 발을 멈추곤 했다. 사막 같은 길이 아득하기만 했다. 난간을 잡고 역 출구로 나오자 또다시 비탈진 꽁꽁 언 길이 기다리고 있었다. 시계를 보았다. 여섯 시 십 분 전. 슈퍼의 모퉁이를 돌아 조금만 가면 약속 장소인 커피집이 나온다고 총무 역할을 맡은 친구가 문자를 보냈다. 누군가의 팔을 잡고 걸어가야 늦지 않게 도착할 것이다.

나는 횡단보도 신호등 앞에서 누구에게 부탁할까 머뭇거렸다. 경험상 입가에 미소가 번져 있는 사람에게 말하면 대부분 흔쾌히 자신의 한 팔을 내어 주었다. 나는 잠시 멈춰 서서 그런 사람이 없는지 두리번거렸다. 빌딩 숲으로 둘러싸인 삭막한 풍경 저편에서 어깨가 딱 벌어지고 늠름한 남자의 실루엣이 다가오고 있었다. 어딘지 여유가 있고, 속도와 경쟁의 밀림지대 같은 이 거리와는 어울리지 않는 따스한 이미지였다. 이 사람이면 괜찮겠다는 생각이 스치는 순간 들려오는 소리가 있었다.

숙모님 웬일이세요?

조카였다. 지방에서 오랫동안 일하다가 최근에 서울에서 새로 일자리를 구한 조카였다. 강남역 근방에 있는 회사 이름표를 목에 걸고 있었다. 그 순간 나는 눈물이 나오려고 했다. 유예기간에 기적처럼 만난 산타는 은총의 선물 같았다.

친구들을 만나러 나왔는데, 걷기가 힘들어서 서 있었어. 누군가 부축해 주면 좋겠다는 생각을 하고 있었어.

내 목소리가 떨려 나왔다. 연민의 표정이 가득한 얼굴로 보다가 조카는 웃으며 말했다.

갑시다!

그날, 강남대로 변에서 만난 조카가 산타처럼 느껴졌다.

코로나19의 세월 너머

비어 있는 겨울

    시내 중심가의 은행에 가기 위해 오랜만에 집을 나섰다. 은행 앞 마트 건물에 신천지 본부가 있다. 신천지 교인인 확진자가 대구로 내려가는 바람에 코로나19에 감염되는 사람이 자고 나면 몇 배씩 늘어나고 있다. 바이러스는 날개를 달고 있는 것처럼 여기저기 마음대로 옮겨 다니며 사람들을 공포 분위기 속으로 몰아넣고 있다.

    마스크를 한 행인들이 드문드문 거리를 오가고 있다. 갓

가지 표정이 담긴 눈만 유독 크게 보인다. 이월의 거리는 적막한 그림자 도시 같고, 길엔 슬픔이 고여 있다. 신천지 교인들이 떼를 지어 무수히 오고 갔을 거리에 바이러스가 떠돌고 있는 것 같은 불안감이 밀려온다.

은행엔 대여섯 명의 사람들이 드문드문 앉아 있다. 너와 나 사이의 공기가 두렵다. 사람이 입을 열어 말하면 수만 개의 비말이 튀어나온다고 하지 않는가. 이 침방울이 공기 중을 떠다니다 호흡기로 들어가면 감염된다는 것이다.

나는 옆 사람과 멀찌감치 떨어져 앉아 보온병의 생강차를 마신다. 이 사람 저 사람이 보내 준 코로나 관련 동영상에서 배운 지식을 모조리 동원해 용기로 무장하고 나선 길이다. 내가 나를 지키는 것이 가까운 사람을 보호하는 것이다. 끈적끈적한 바이러스는 폐로 가기 전에 목에서 머문다고 한다. 그래서 따뜻한 물을 자주 마시라고 했던가. 이번 코로나19 바이러스는 사스 때보다 감염력이 높아 사람에게 훨씬 더 치명적이라고 한다.

나는 조금 있다 또 한 모금 생강차를 마신다. 나는 삶을 사랑하고, 할 일이 있다. 꿈이 나를 이끌고 알지 못하는 앞날을 향해 나아가는 듯하다. 죽음이 무서운 것이 아니다.

오늘 하루 살더라도 건강해야 좋아하는 내일의 아침을 맞이할 수 있다. 모처럼 나왔으니 항체 형성에 좋다는 식물성 단백질인 콩비지를 뼈해장국 잘하는 식당에서 먹고 갈 참이다.

작년 십이월에 우리 집 푸르미는 무지개다리를 건넜다. 밖으로 나갈 수 없는 앞날을 동물의 예리한 감각으로 예견하고 재난의 날이 오기 전에 스스로 죽음을 준비한 것 같다. 대기의 수상하고 꺼림칙한 공기를 맡고는 자신의 의지로 죽음을 결정한 것처럼 느껴진다. 죽기 일주일 전부터는 먹는 것도 줄이고 마시는 물도 조금씩 줄여 가다가 며칠 전부터는 아예 입에 대지 않았다.

푸르미가 세상을 떠나자, 집 안은 고요하고, 혼자 말하는 소리가 울려 공기는 적막했다. 함께 살았던 한 존재가 없어지자, 나는 중심을 잃어버린 사람처럼 몸뚱이가 가벼워지고 머리는 멍하고 어디서부터 무얼 다시 시작해야 하는지 아득했다. 동물이든 인간이든, 생生과 사死의 이별은 그냥 쉽게 넘어가지 않는다. 쌓인 기억과 아픔과 기쁨의 우물을 가슴에 파 놓고 문득문득 생시의 장면으로 흘러가게 한다.

그런 허깨비 같은 상태여서 그랬는지 어느 날 쉽게 독감이 찾아왔다. 쉼 없이 가래가 나오고 숨은 가쁘고 가슴은 써늘하게 아팠다. 다른 해와 달리 이상하게 무거운 몸과 마음이 쉽게 피곤하고 따로 노는 듯했다. 겨울 날씨는 차분하지 않고 거칠고 센 바람이 불었다가 사이사이 맑은 햇살이 사방을 환하게 했다. 중심을 잡고 흔들리지 않으려고 해도 어디서부터 밀려오는지 흐린 기운이 몸 안으로 스며드는 듯했다. 2020년은 천체 변화가 심한 해라고 했던가. 그 안팎의 기운에 영향을 받은 탓인지 감기는 나았다가 다시 도지곤 했다.

온몸으로 퍼져 가고 있는 근육통과 싸우고 있을 때였다. 원치 않은 경고장 같은 역병이 중국에서 건너왔다.

코로나19 바이러스!

코로나는 라틴어에서 온 말로 왕관이라는 뜻이라고 한다. 원뜻은 예쁘지만 너와 나 사이를 섬처럼 떼어 놓고, 각자 불안한 그림자 속에서 외롭게 살아가게 하는 두려운 바이러스다. 하루하루 눈앞에서 벌어지는 일들이 아득한 굴속으로 우릴 끌고 들어가는 듯했다. 도서관은 문을 닫고,

학교는 개학을 연장했다. 혜화동에서 모이는 작가 포럼은 두 번이나 연기되었다. '집콕'해야 하고 그리운 사람을 볼 수 없다. 이 미터 이상 '사회적 거리두기'와 함께 모임을 자제해야 한다. 당분간 각자의 내면으로 들어가 잃어버린 자신을 찾으라는 신호처럼 여겨진다. 지상의 만물이라는 인간이 보이지 않는 바이러스 때문에 끌려다니고 있는 형국이다. 하루하루 일어나는 일들이 가상의 어떤 다른 세상으로 우릴 끌고 가는 듯하고, 지금까지와는 다른 어떤 삶을 살도록 잔인하게 몰아가고 있는 것 같다.

추운 방

난방도 안 되고 온수도 끊겨 작은 방에서 지내기로 했다. 코로나 때문에 밖에 나가서 먹는 것도 마음이 안 놓인다. 하루 세 끼를 집에서 해 먹어야 한다. 나는 좁은 부엌과 작은 방 사이에 갇혀 있다.

이 추운 방은 코로나 시절의 불편함, 외로움, 고독을 압축해 놓은 공간 같다. 이 작고 차디찬 방에서 스스로를 보호하기 위한 것을 장벽처럼 두르고 살아야 한다. 몸을 따뜻하게 하는 음식과 옷, 부드럽고 힘을 주는 말과 웃는 얼굴, 그리고 또 무엇이 있을까. 그 무엇 때문에 산다고 말하는 사람의 열정 어린 목소리, 빛나던 눈빛은 아름답지 않았던가. 이 코로나 시대에 신이 원하는 그 무엇인가가 숨겨져 있을 것이다. 하늘도 땅도 산도 바다도 그것을 알고 있지만, 탐욕스러운 인간만 그것을 덮어 버리고 살았을 것이다.

나는 햇빛 날 때는 난로를 베란다로 가져가고 식사 때는 부엌으로 가져간다. 봄의 푸른 기운은 불안한 공기를 뚫고 밀려오고 있다. 조금 있으면 목련의 꽃봉오리가 기도하듯 하늘을 향해 매달릴 것이다. 희망의 개나리는 이미 하나씩 꽃봉오리를 터뜨리고 있다. 꽃말이 '사랑의 기쁨'이라는 진달래는 사방으로 기쁨의 공기를 퍼뜨려 불안한 공기를 집어삼켜 버릴 것이다. 작디작은 풀꽃 같은 것들이 어디에서 하나둘 모여 거대한 힘으로 밀어닥칠 것 같은 희망도 바로 이때 어른거린다.

나는 답답하면 하루에도 서너 번 베란다로 나가 환한 햇살 속에서 움츠러드는 몸을 푼다. 맑은 공기를 마시고 싶으면 통유리 문을 활짝 열어 밖을 본다. 햇빛은 저 홀로 텅 비어 있는 거리를 비추고 있다. 말간 햇빛 아래 뛰어노는 아이들이 없다. 서로를 위해 너와 나는 거리두기를 해야 하고, 거기에다 집은 좁다. 이중으로 갇힌 꼴이 되어 평안한 공기가 흐르던 삶의 순간순간을 그리워하는 마음은 때 없이 솟구쳐 오른다. 사랑하는 사람의 눈짓에서 사랑을 읽고, 가슴으로 스며드는 부드러운 목소리에 영혼이 깨어날 때가 마음의 봄날이었을까.

'자가격리시대', 앞날은 불투명하지만 각자의 고요한 처소에서 사람들은 뭔가 가슴에 웅크리고 있는 것을 느끼지 않을까. 지금은 자신의 속 깊은 데로 들어가 신의 뜻이 무엇인지 묻고 답을 얻으라는, 새로 태어나라는 격리의 시간이 아닐까.

깊은 숲속에 들어가 투병하며 사는 친구가 전화했다.

어린 시절에 숲속에서 사는 것이 꿈이었는데, 그 꿈대로 정말 숲에서 살고 있어. 아침에 딱딱 하는 소리가 들리면, 누구세요? 하고 나가 봐. 지붕 밑에 둥지를 지은 박새가 벌레를 먹니라고 내는 소리야. 등은 잿빛이고 뺨은 하얀, 작은 박새가 참 예뻐. 집 주위에 잣나무가 많아. 공기가 맑아 그런지 건강해졌나 봐. 잣나무에서 자란 백화고버섯을 택배로 보내 줄게.

친구의 맑은 목소리에 생기가 흘렀다. 나는 역병이 창궐하는 시절에 마스크를 쓰지 않고 숲길을 산책할 수 있는 친구가 부러웠다.

남양주에 사는 딸네가 온다고 했다. 추운 부엌에서 점심을 준비했다. 콩을 많이 넣고 밥을 했다. 두유도 사 놓고, 생강차도 끓여 보온병에 넣고, 비타민 C를 마음껏 먹으라고 귤을 접시에 수북이 담아 놓았다. 살균티슈로 식탁과 문의 손잡이도 닦았다. 전에는 딸네 식구들이 오면 밖에서 먹고 가까운 과천 현대미술관에 갔다. 그림을 구경하고 구내 커피숍에 들러 카페라테를 마시며 담소할 때 행복했다.

우리는 식사 후에 전기난로를 옆에 두고 오랜만에 오붓한 분위기 속에서 서너 시간 담소를 나누었다. 딸은 바이러스 시절이 마치 초현실세계에 사는 것 같다고 했다. 이 추운 방은 코로나 세월의 불안과 희망을 상징하는 공간 같다.

친구 K가 문자를 보냈다.

– 참 이상한 세월이지? 가슴이 유리로 된 듯 아프게 금이 그어지는 듯해.

나는 답을 했다.

- 거리가 햇살로 환해. 말간 길에 사람이 없어. 나는 베란다 창문을 열고 봄 냄새를 들이켜곤 해. 좋은 봄날들이 그냥 흘러만 가고 있어.

코로나19의 시절, 내가 느끼고 보고 깨닫고 하는 것들이 '고통'이란 말 속으로 스며들어 하나의 형체를 이루어 나를 끌고 가는 듯하다. 깊이를 알 수 없는 늪, 침침하고 숨 쉬기 힘든 어두운 곳으로 끌고 들어가려고 한다. 인간이 자연을 파괴한 대가는 고통이다. 나는 고통과 싸우며, 이 시절의 나날을 보내며, 새로운 습관으로 하나씩 바꾸기 위해 또 다른 자신과 씨름하고 있다.

면역력이 약해 칼로 좍 그은 것 같은 붉은 상처가 자주 손등에 팔목에 그어져 있다. 이 코로나는 면역력이 약한 사람을 우선 공격한다. 가을에 있을 또 한 차례 수술을 앞두고 면역력을 강화시키는 것이 나의 임무이다. 그러나 상처는 내 뜻과는 달리 계속 생기고 있다. 만일에 내가 확진자가 된다면 내가 사랑하는 사람들이 고통을 당하고, 나의 동선은 낱낱이 알려지고, 이 시에 또 한 명의 확진자가 늘어날 것이다. 생각만 해도 고통의 물결은 높아지고 사나워지고 있다. 인류의 문명과 오만을 비웃듯 코로나 확진자는 계속 늘어나고 있다. 하루에 천 명 이상의 사망자가 유럽과 미국에서 생겨나고 있다. 바이러스는 속도감 있게 죽음의 싹을 무섭게 퍼뜨리고 있다. 아무리 속도의 시대라 하지만, 코로나19 바이러스의 감염 속도가 너무나 빨라 숨이 헉헉거린다.

코로나 블루

세계보건기구는 팬데믹을 선포했다.

삼월 들어 유럽과 이란에서 확진자가 기하급수적으로 증가했다. 이탈리아는 이월 하순에 북부 롬바르디아주에서 첫 지역 감염 사례가 확인된 지 십여 일 만에 확진자가 만 명을 넘어섰고, 사망자는 천 명에 이른다. 삶과 죽음 사이가 가까워져 죽음의 그늘이 세상을 누르고 있는 듯하다.

매일매일 처음 겪어 보는 비현실적인 특이한 일상 속에서, 갖가지 계획들이 떠올랐다가는 방 안에서 할 수 있는 일로 좁혀지다 스러지고 한다. 내가 할 수 있는 일이라고는 자신 속으로 파고들어 가는 것.

내 속엔 여러 얼굴이 있다. 흐린 날일 땐 답답한 울타리 안에 갇혀 있는 얼굴이 그려진다. 맑은 날엔 하늘 문을 경쾌하게 두드리는 얼굴이 떠오른다. 어느 순간 먼 곳에서, 아니 내 안에서 두려워하지 말라는 빛 같은 말이 들려온다. 태풍의 한가운데서도 고요한 시간이 있듯 나를 감싸 주는 말에 두려움을 떨쳐 버린다. 그러나 어떤 말로 자신을 위로해도 삶의 밑바닥에 자리 잡고 있는, 그림자 같은 코로나 시대의 우울증이 졸졸 따라다닌다.

코로나19로 많은 사회 구성원이 우울감 또는 무기력증을 호소하면서 '코로나 블루'라는 신조어가 생겼다. 바이러스 이름과 우울을 뜻하는 블루를 합친 말이다. '코로나 블루'는 다가올 겨울 앞에서 가을의 쓸쓸함으로 물드는 그런 우울이 아니다. 하루에 천 명, 이천 명이 이 전염병으로 죽는다는, 먼 나라에서 들려오는 소식을 듣고 있노라면 어느 순간 눈물방울이 떨어진다. 나는 지구 한 모퉁이의 모래더미 같은, 언제 허물어질지 모르는 허무한 공간에 갇혀 지내고 있다. 지구 팔십 퍼센트의 사람들이 나처럼 앞날이 불확실한 삶의 조건에 갇혀 지내고 있다. 지구 곳곳에서 매일 점점 불어나는 사망자 숫자는 삶의 뿌리를 송두리째 흔들며 우울한 세계로 데리고 간다. 죽음이 다가와 얼씬거리는, 처음으로 겪는 우울증이다. 죽음과 삶 사이에서 만들어진 특유의 회색빛 우울증이 하나의 존재처럼 여겨지기도 한다. 이 바이러스는 '입자'와 같은 존재라고 한다. 이 기이하고 잔인하고 악마의 우두머리 같은 존재는 무얼 바라고 있는 것일까.

이 코로나19 바이러스는 추운 것을 좋아해 올겨울에 더 강한 모습으로 변해 찾아올 것이라고 하지 않는가. 인간의 정서로는 감당하기 어렵다는 고층건물이 늘어날수록, 숲이 사라질수록, 지구의 여러 대양 위를 떠다니는 거대한 쓰레기 섬이 불어날수록, 또 바다 밑에 쓰레기들이 점점 쌓여갈수록 더 강력한 새로운 변종 바이러스가 찾아온다고 하지 않는가.

아픈 다리 때문에 딸과 함께 병원에 갔다. 병원 입구엔 손소독제가 놓여 있고, 젊은이 둘이 앉아 체온을 검사하고 푸른색 종이를 주며 보호자 한 사람만 통과시켜 주었다. 이 푸른 종이만 있으면 암병동이나 본관을 마음대로 통과할 수 있다. 이 한 장의 종이가 요즘 귀한 마스크처럼 여겨진다. 엑스레이를 촬영하고 진찰을 받기 위해 본관과 암병동을 왔다 갔다 할 때마다 찬바람이 불어 댔다. 등나무 쉼터의 먼지 낀 벚꽃나무가 쓸쓸하게 마스크 쓴 사람들을 보고 있다.

진찰실에 들어가자, 의사는 내 오른쪽 다리를 들어 앞으로 뒤로 굽혔다. 다리가 중심을 잃고 흔들거렸다.

이 다리로 사셨군요. 인공관절 속에 든 부품이 망가졌어요. 백 명 중에 서너 명만 이런 경우가 있는데, 운이 없네요. 두 번이나……

악성종양은 오 년 지나면 괜찮다는데, 나의 오른쪽 무릎은 이십삼 년 만에 재발했다. 의사는 이 이해할 수 없는 재발을 운이 없다고 말한 것이다.

그렇다. 나는 운이 없다. 그러나 어둠을 비추는 빛에 도취된 사람처럼, 나는 나의 어두운 운명을 밟으며 한 걸음씩 더 높고 환한 쪽으로 나아갈 것이다.

무겁고 음산한 공기 속에서 악한 영의 손에 한 대 얻어맞은 것처럼 하루하루 집 안에 갇혀 답답하게 지내고 있을 때, 여기저기서 부고가 날아오기 시작했다. 바이러스 때문에 상가喪家쪽에서 사람이 모이는 것을 원하지 않아 일가친척 중 남자만 문상을 가는 경우도 있었다. 상주 또한 장례 후 다른 인사 없이 정중한 문자만 보내왔다.

어느 날 친구 딸이 연락을 해 왔다. 친구가 죽었다는 소식이었다. 그 친구는 떠돌아다니기를 좋아해 긴 여행을 하며 살았는데, 갑자기 세상을 떠나 납골당에 들어갔다고 한다. 그의 부고를 듣는 순간 그녀와 함께 했던 아름다웠던 시간과 추억이 비명을 지르며 스러지는 듯했다.

아흔이 넘은 친척의 아들이 전화했다. 그의 아버지는 피부암이 얼굴까지 전이돼 오늘내일하는 무의식 상태로 병원에 입원해 있었다. "적당할 때, 아버지 산소호흡기를 떼기로 형제들과 합의는 했는데, 그게 가능할지 모르겠어요……" 친척 아들은 말끝을 흐렸다.

그분은 아흔이 될 때까지도 건강했다. 새벽엔 시골 중학교 운동장을 몇 바퀴씩 돈다고 웃음을 터뜨리며 나에게 말하곤 했다. 그는 통화할 때는 잘 있었소? 하고 말한 뒤 하하하 하고 통쾌한 웃음을 터뜨렸다. 그는 신을 사랑했고, 이웃 사람을 사랑했고, 삶을 사랑했다. 그의 성실한 땀과 눈물과 기쁨의 무게는 다 어디로 가 버리고, 어느 한순간 갑자기 죽음 쪽으로 방향을 돌려 버렸단 말인가.

코로나19 바이러스가 급격히 퍼져 확진자 수가 수백 명씩 늘어날 때 걱정이 되었는지 LA에 사는 남동생이 전화를 했다. 괜찮다고, 너무 걱정하지 말라고 안심을 시켜 주었다. 삼월이 되자 미국에서 국가비상사태를 선포했다. 이번엔 내가 걱정이 되어 동생에게 전화했더니, 캘리포니아 주 역시 비상사태를 선언해 외출도 못 하고 집에만 있는다고 한다.

여긴 전과 달리 지난 이월엔 날씨가 추웠어요. 비도 자주 오고. 모든 게 이상해요. 아마 지구 온난화 때문인가 봐요. 여기 사람들은 물건을 사재기해요. 학교, 교회, 성당, 식당도 다 문을 닫았어요. 길에 사람이 없어요. 사월 말까지 무조건 집에만 있으라고 하니 답답해요. 사람들은 한국과 달리 마스크를 잘 안 써요. 아마 도둑놈, 깡패를 연상시켜 그러는지 모르겠어요. 여긴 병원비가 너무 비싸 코로나 걸려도 병원에 가려고 하질 않아요. 미국의 중산층은 큰 병 한번 걸리면 경제가 거덜 나 버려요.

먼 곳을 이어 주는 공기조차 무겁게 느껴진다. 미국에

살고 있는 두 동생이나 한국에 살고 있는 나나 거의 집에만 있어야 하는 것이 똑같다. 기이한 공통분모이다. 사월 들어 미국의 사망자는 사만 명이 넘었다. 나는 불안한 마음에 여동생에게 전화했다.

집에만 있자니 너무 답답하고 해서 남편과 등산하려고 차를 몰고 나갔는데, 산 입구에서 못 들어가게 하는 바람에 그냥 돌아왔어요. 사람들은 거의 다 집에만 있는데, 왜 전염병이 퍼지는지 모르겠어요. 아마 인간이 무슨 죄를 지었나 봐요.

하루에 천 명 이천 명이 죽어 간다는 소식에 절로 걱정이 앞선다. 문자와 전화를 자주 주고받는 것은 꿈과 희망의 끈을 놓지 말라는 암시의 표현일 것이다.

내 방 바로 옆의 서재에서 방콕하는 남편이 나에게 문자를 보냈다. 요즘은 침묵에 익숙해져 그런지 한집에서 사는 식구에게도 말 대신 문자를 한다.

- 한 인간의 생生과 사死는 얼마나 많은 하늘과 바다와 땅과 강과 산과 들과 나무와 풀과 꽃에 날줄과 씨줄처럼 촘촘하게 엮어져 있는지 헤아릴 수 없어요.

나는 매일 인터넷으로 유럽과 미국의 사망자 수를 확인한다. 미국의 코로나 사망자는 오만 명을 넘어섰고, 감염자는 백만 명을 넘어섰다. 나의 감성으로는 이 엄청난 사망자와 감염자 숫자를 감당할 수 없다. 그렇지만 다음 날이면 또 확인한다. 남편의 말대로 한 인간은 얼마나 많은 하늘과 땅에 엮여 있는 숭고한 존재인가. 그러한 한 사람, 한 사람의 생명 줄이 그렇게 무참하게 끊긴다는 것은 감당하기가 어렵다.

지금 신은 침묵하고 있다. 아니, 더 살기 좋은 세상을 비온 끝의 무지개처럼 보여 주기 위해 새로운 판을 짜고 계실 것이다. 인간은 죽는 순간까지 희망하며 살아가는 존재이다.

신이 만들어 준 장벽

통유리 문을 열고 밖을 본다. 날은 좋은데 길에는 사람이 거의 없다. 거리 풍경은 침묵 속에서 적막하고 을씨년스럽다. 길은 건물과 오가는 사람의 침울이 어울려 하나의 풍경을 이룬다. 쓸쓸한 거리와 달리 뜰의 모과나무와 감나무의 연둣빛 잎은 햇살에 반짝거리고 있다. 맑은 날의 베란다엔 바깥세상과는 달리 빛으로 가득하다. 햇빛은 맑고 부드럽다. 새로운 세상이 올 거라는 징조처럼 환하고 따스하다. 빛을 밟으며 이리 갔다 저리 갔다 하는데 선팅된 통유리 문 밖의 한 풍경이 나의 시선을 끌어당긴다.

앞집에 사는 친구가 한 손에 종이 꾸러미를 들고 잽싼 걸음으로 가다가 음식물 쓰레기통 옆에 쌓인 지저분한 비닐봉지들을 정리한다. 그녀와 내가 재활용품을 버리는 곳은 주차장 입구 왼쪽이다. 왼쪽은 깨끗하지만 오른쪽은 왜 그런지 늘 지저분하다. 요양소에서 일하는 그녀는 자기 책임도 아닌데 가던 걸음을 멈추고 자주 오른쪽 쓰레기를 정리하고는 해야 할 일을 했다는 듯이 총총 걸어간다. 그녀의 실천적인 삶에서 향기가 난다. 그녀는 어떤 환경에서 살아야 쾌적한 삶이 가능한지를 알고 있다.

삼월의 봄은 홀로 제 갈 길을 가는 사람처럼 흘러가고 있다.

이 바이러스 시대에 문득 「바렌카」라는 러시아의 전래 동화가 떠오른다.

숲속 작은 집에 바렌카라는 할머니가 혼자 살고 있었다. 어느 날 전쟁이 일어나서 사람들은 피난을 갔지만, 그녀는 동물들과 식물들을 지키기 위해 집에 남는다. 그녀는 숲에서 만난 염소지기와 화가, 부모를 잃은 소녀와 함께 살면서, 튼튼한 벽으로 집을 둘러싸 지켜 달라고 신에게 기도한다. 하루는 눈이 펑펑 내려 집이 온통 눈으로 뒤덮였다. 적군이 바렌카의 집 주위까지 왔지만 집이 눈에 안 띄어 그냥 지나친다. 기적적으로 살아난 바렌카는 '신이 만들어 준 장벽' 때문에 살아난 것이라 생각한다.

바렌카, 꿈속에서 들려오는 듯한 기적의 이름이다. 감염병과 세계가 전쟁을 치르고 있는 고난의 시절에 이 동화 속에 한 가닥 답이 들어 있는 듯하다. 자연을 지키고, 서로 도우며 살고, 신의 손길을 바라며 살라는 암시가 들어 있다. 주인공은 전쟁 중에도 피난을 가지 않고 자신이 해야 할 선한 일을 침착하게 하며, 끝내는 하얀 장벽 같은 집에서 살아남는다.

가 보지 않은 길

이월 중순에 신천지 교인 확진자 때문에 대구에 환자가 급속하게 늘어났다가 오십여 일 만에야 더 이상 추가 확진자가 나타나지 않게 되었다. 대구가 고향인 시 쓰는 친구는 이 도시에서 확진자 수가 계속 불어날 때 울면서 기도했다고 한다.

"고향 사람들이 이런 고통을 당하다니, 너무 가슴이 아파요."

대구 시민은 두 달 가까이 시련 속에서 인내와 절제로 이 위기상황을 극복했다. 빠른 검사가 가능했던 진단키트가 큰 도움이 되었다. 이 의료기구엔 한 사람 한 사람의 생명을 존중하는 의지가 스며 있는 것 같다. 우리나라는 그 뒤 많은 나라에 도움의 손길을 뻗쳤다. 한 알의 씨앗이 일으킨 기적처럼 느껴진다. 빛나는 사물이 된 진단키트는 바이러스 퇴치의 발판이 된 것이다.

사전투표를 하러 동사무소에 갔다가 아는 사람을 두 사람이나 만났다. 투표장 안에서 줄 서 있는데 누군가 내 등을 쳤다. 동네 수선집에서 일하는 지인이었다. 비닐장갑을 낀 손을 나도 모르게 내밀었다. 상대방이 주춤하는 것을 보고 아참, 하고 깨달았다. 투표를 마치고 밖에서 만난 사람에게도 무심코 장갑을 낀 손을 내밀었다. 상대방은 주춤하다가 장갑을 낀 내 손을 잡으며 웃었다. 나도 웃었다. 모두 처음 겪는, 이상해져 버린 세상에서 새롭게 사는 법을 익혀 가고 있다. 너와 나 사이가 떨어져 개체로 고독하게 살아가는 것은, 더 본질적인 구원에 이르는 길로 가까이 다가가는 삶일 수도 있을 것이다.

그렇지만 초여름 날의 어스름께, 지상을 배회하는 자들이 향긋한 햇살과 바람 속에서 우연히 만나 벌이는 싱그러운 로맨스는 이제 바람처럼 사라져 버린 것일까. 우연한 만남이 주는, 수수께끼를 푸는 것 같은 재미와 호기심은 타인에 대한 새로운 시선을 갖게 해 주지 않던가.

딸한테서 전화가 왔다. '재난기본소득'으로 일인당 이십만 원을 준다는 정보를 알려 주었다. 나는 기분이 좋아져 남편에게 이 소식을 전했다. 그동안 웃을 일이 없었는지, 그도 오랜만에 활짝 웃었다. 공짜 돈이 사람을 웃게 한다. 요즘은 공기도 깨끗해서 흐린 마음이 차츰 맑아지고 있다.

집콕에서 탈출하려는 마음으로 베란다로 출근해 햇살을 받고 있는데, 연둣빛 같은 한 풍경이 나의 시선을 끌어당긴다. 건너편 연립주택에 사는 중년 남자가 스티로폼 상자를 내려놓더니 비닐봉지에서 뭔가를 꺼내 뿌리고 있다. 아마 흙과 씨일 것이다. 그는 씨를 다 뿌리고 나서 그 위에 흙을 살살 덮어 주었다. 주차장의 나지막한 담 위엔 파릇파릇 새싹이 자라고 있는 스티로폼 상자가 서너 개 놓여 있다. 나는 그가 새싹이 자라는 것을 보고 있는 장면을 가끔 목격하곤 했다. 내 손으로 직접 식물을 길러 보는 재미와 만족감. 자기가 키운 채소가 식탁에 올랐을 때의 뿌듯함.

그동안엔 고추장과 매실을 담가 딸네와 나눠 먹었는데, 올해는 번거로워 담그지 않기로 했다. 그런데 이 코로나 시절에 쏟아져 나올 일회용 용기容器를 생각하니, 그냥 내가 조금 더 품을 팔기로 마음을 고쳐먹었다. 지구를 오염시키지 않고 직접 마련하는 지혜, 코로나 팬데믹 시절에 살아가는 생존법이다. 인류는 지금 획기적인 판을 새로 짜야만 생존할 수 있는 종말론적인 시기에 들어선 것이다.

나는 오랜 친구에게 카톡을 보낸다.

- 봄꽃은 피었는데, 마스크 쓰고 어디로 가야 해?

- 마스크 벗고 봄소식 알려 주는 산으로 가자. 봄 향기품은 바람과 개구리가 뛰쳐나올 산 개울로 가자.

- 마음속으로 유배당하고 있는 듯한 이때, 봄 냄새 나는 바람, 희망 속으로 뛰어들어야겠어.

오늘도 베란다에서 밖을 본다. 세상은 연둣빛 풍경이다. 싱그러운 연두색 자그마한 잎들이 설레며 앞날을 기다리고 있다. 연둣빛은 앞날의 가능성과 생명을 암시하는 상징의 색깔이다. 이 코로나 바이러스의 우울한 시절, 보고 듣고 느끼는 모든 것이 처음 겪는 현실이지만 연둣빛 마음으로 살아간다.

4
부

그 리 운 사 람 들

인간은 절대자 앞에서 무력하듯이 시간 앞에서도 무력하다. 어쩌면 시
간은 절대자와 함께 있는지 모른다. 절대자를 믿고 순종해야 구원을 받
을 수 있듯이 인간은 시간을 붙잡고 부지런히 따라가야 희생이 적다.
이제까지 지구 위에 빛을 남긴 사람들은 절대자와 통하는 마음으로 시
간 속에서 부지런한 사람들이었다. 유有와 무無의 차이는 죄가 있는 곳
에 있지, 죄가 없는 곳에는 유무가 없을 것 같다. 인간은 고독하다.

꿈길

내가 집 전화번호를 외우고 있는 사람은 딱 두 사람이다. 한 사람은 언니이고, 한 사람은 늘 나를 따뜻하게 맞아 주었던 S이다. 2018년 여름은 무척 더웠고, 그 끝 가을엔 맑은 날들이 이어졌다. 그 좋은 시월 하순의 어느 날, S는 갑자기 심장마비로 세상을 떴다. 갑자기, 정말 갑자기……

삼십여 년 동안 보고 또 보아 온, 늘 미소 짓는 얼굴을 더 이상 볼 수 없는 것이다. 화장터에서 S의 뼛가루가 담긴 유골함을 보자 사는 것과 죽는 것이 종이 한 장 차이도 되지 않는 것처럼 느껴졌다.

S는 교회 친목 모임인 안나회 회장이었다. 그녀는 회원 몇 명과 함께 남편이 운전하는 다인승 화물차를 타고 가평 수목원으로 소풍을 갔다. 가는 길에 S는 바나나 껍질을 벗겨 남편의 입에 넣어 주었다고 한다. 그 뒤 세 시간쯤 있다가 그녀의 영혼은 또 다른 영원한 공간으로 날아가 버렸다. 수목원에 도착해 한 시쯤 김밥을 먹고 나서, 그녀는 갑자기 의식을 잃었다고 한다. 119 구급대를 불러 심폐소생술을 했지만 이미 때는 늦었다고. 그녀의 남편은 운전대 옆의 바나나 껍질 자국을 일부러 지우지 않고, S를 보고 싶고 만지고 싶을 때, 가슴의 상처 같은 그 얼룩진 자국을 본다고 했다.

나는 가슴이 텅 빈 듯 적막감이 들 때 S에게 전화를 걸곤 했다. 비 오는 날 저녁이면 유선전화로 주고받는 말들이 어느 순간 기쁘고 슬픈 빗방울이 되어 가슴으로 떨어지는 듯했다. 이제 그런 달콤한 저녁 시간을 다시는 가질 수 없다. 그녀가 자주 걸었던 화계사 가는 수유 네거리 가로수 길, 그 길을 걸으면 저 앞에서 무언가 희끄무레한 형체가 가까이 다가오는 듯하다. 그녀의 웃고 있는 부드러운 얼굴이 저만치에서 나를 보고 있는 듯하다. 뿌연 허공은 미세먼지 떠다니는 그냥 허공이 아니라, 먼저 떠나간 자가 지상의 사랑하는 사람을 지켜보는 영혼의 공간이기도 하리라.

S의 집은 북한산이 가까이에서 지켜보는, 화계사로 가는 네거리 조금 지난 거리 한가운데 있었다. 같은 동네에 살고 있는 S를 처음으로 만났을 때는 가슴에서 황량한 벌판의 거친 바람이 자주 불어 대는 힘든 시기였다. 스위스에서 귀국해 힘들 나날을 보내던 그때, 나보다 열 살쯤 어린 그녀의 마음속에도 나처럼 쓸쓸한 바람이 불어 대고 있다는 것을 알게 되었다. 그녀는 세 아들 중 장애아인 막내 때문에 끝없이 고통의 파도에 시달리고 있었다. 그녀의 인생은 고통의 그늘이 온 몸의 뼈 마디마디까지 쳐들어가 빠져나갈 길이 없는 것처럼 보였다. 하지만 그녀의 얼굴엔 끝까지 견뎌 이겨 낸 자가 획득한 환한 빛이 감돌았다.

나는 수유리 산자락 숲속 학교 사택에서 살았고, 전파사 간판이 붙어 있는 S의 집은 교문에서 가까운 길가에 있었다. 저녁이면 우리는 교정의 언덕길 수양벚나무 아래 벤치에 앉아 자주 이야기를 나누었다. 우리 집 초롱이는 두 여자 사이에 앉아 귀를 쫑긋하고 얘기를 듣고 있다가 먼발치에서 인기척이라도 나면 허공을 향해 컹컹 짖어 댔다. 우리는 인생살이를 얘기하다가 중간중간에 각자의 꿈을 털어 놓았다. S의 꿈은 배우는 것이었고, 나는 건강해져서 글을 쓰는 것이었다. 꿈의 길은 하늘을 향해 뻗어 있는 듯하고, 달빛 아래 잔디밭 맞은편 어둑한 형체의 희미한 본관 건물은 두 여자를 묵묵히 지켜보고 있었다.

꽈배기와 붕어빵을 좋아했던 S는 이렇게 말하곤 했다.

"빨리 가고 늦게 가는 게 중요하지 않아요. 나를 영접하실 수 있도록 그렇게 가치 있게 사는 게 중요하다고 생각해요."

호기심 어린 둥그런 큰 눈으로 날 보며, 세상 풍파 다 겪은 사람처럼 초연한 태도로 이야기를 하곤 했다. 남대문 시장에 가서 즉흥무대에 올라가 상품을 탄 얘기, 열무김치를 담가 서너 사람에게 갖다준 얘기를 싱글싱글 웃는 얼굴로 말했다. 그녀의 입은 웃고 있었지만, 어딘지 서글퍼 보이는 동그란 눈에선 금세라도 눈물방울이 떨어질 것 같았다.

S가 세상을 떠나자, 이제는 내가 오가며 꽈배기와 붕어빵을 사 먹는다. 속이 출출할 때 먹는 한 조각의 달콤한 빵은 추억 속의 그리운 사람을 만나게 해 준다. 시공을 떠나 하고 싶은 말을 속으로 되뇌며 공허한 마음을 다스린다.

연분홍 벚꽃잎들이 눈처럼 떨어지던 어느 봄날 저녁이었다. 그날 나는 처음으로 그녀가 초등학교만 나왔다는 사실을 알았다. 나는 그녀가 누구보다 지혜가 많고 인생경험도 풍부해 뭐가 부족하다는 것을 느껴 본 적이 없었다. 나는 그녀에게 용기를 갖고 꿈을 향해 전진하라고 말하곤 했다. 그녀는 내가 걸음을 잘 걸어서 가고 싶은 곳으로 가고, 하고 싶은 것을 할 수 있도록 기도한다고 했다.

S는 검정고시에 합격해 중학교에 들어갔다. 고통 속에서 쓰러질 듯하면서도 끝까지 꿈을 붙잡고 있었다.

공부해 보니까 역시 영, 수, 국이 어려워요.

자식들처럼 비싼 과외 받으세요.

그녀는 내 말에 빙긋이 웃었다. 어느 날은 학교에서 삼만 원짜리 보충수업을 듣는데, 성적이 잘 나왔다고 웃으며 좋아라 했다. 드디어 꿈의 힘으로 대학에 들어가고 빛나는 졸업장을 품에 안았다. 열정과 끈기로 웃음치료와 도배사 자격증까지 딴 뒤에 상담학을 공부해 복지관에서 근무했다. 언젠가 그녀가 보낸 문자가 가슴을 후비는 시 같았다. 내가 글이 좋아졌다고 말하자, 그녀는 유행가 가사를 흉내낸 것이라며 소녀처럼 부끄러워했다.

S의 대학 졸업식에 꽃다발을 들고 참석했을 때였다. 교정의 스피커에서 구성진 유행가 뽕짝이 흘러나왔다. 교정 어디선가 애환이 서린 목소리로 유행가를 따라 부르는 노랫소리가 들려왔다.

졸업생들이 부르는 '졸업가'는 왠지 가슴을 아리게 했다. 그 옛날 부둣가를 맴도는 갯바람 속에서 나와 친구들이 부르던 노래 같았다. 설레는 의지에 찬 노랫소리가 앞날을 향해 힘차게 멀리 퍼져 나갔다.

우리들의 우정을 깊이 간직하자.
행운을 빌며 안녕, 친구여 안녕

S의 말 속엔 수많은 사람의 삶의 냄새와 색깔과 살아가는 모습들이 스며 있었다. 나는 그들 한 사람 한 사람의 이야기에 나의 인생관을 입혀 그녀가 하는 말의 무대가 생동감 있게 살아 꿈틀거리게 했다. 마음이 따뜻하고, 어떤 말을 해도 빙긋이 웃으며 내 편에 서서 받아 주었기 때문에 누구한테도 하지 못한 비밀을 털어놓기도 했다. 그녀도 내가 알지 못하는 사람들과 얽혔던 가슴 아픈 일이나 꿈

에 대해 말하곤 했다. 내가 영화나 책 얘기를 하면 눈을 반짝이며 또 다른 지적 세계에 호기심 어린 얼굴로 귀를 기울이곤 했다. 이렇게 이야기를 나누다 보면, 서로 좋아하는 것이나 관심 분야가 비슷한 친구가 될 수 있다는 희망에 나는 예술과 문학에 대해 말하곤 했다. 그녀는 자신을 위로, 더 위로 끌어올려 주는 나를 소중한 친구로 대했다. 세상은 한 단계 올라가면 또 다른 단계가 손짓하고 있다는 것에 놀라며 환히 열린 세계를 향해 꿈의 길을 스스로 만들어 갔다.

S는 내가 좋아하는 사람의 특성을 지니고 있었다. 무엇보다 마음이 부드럽고 따뜻했다. 나는 추위를 많이 타서 그런지 이해심이 많고 마음이 따뜻한 사람한테 끌린다. 그녀는 많은 사람을 만나 상처를 받으면서도 그것 때문에 인생을 알아 가며 지혜로 무장했다. 그녀의 인생 무대 위로 많은 사람과 사건이 등장했다가 희뿌연 안개 속으로 사라져 갔다. 가난 때문에 배움의 기회를 놓쳐 늦게 공부를 시작한 나이 많은 학교 친구들, 아이들 과외선생, 바자회 때 참기름과 김을 얼마 팔았다는 얘기, 동해안으로 웃음치료 선생과 여행한 얘기를 했다. 또 언젠가 학교에서 늦게 집에 오

자, 남편이 거실의 화분을 모조리 깨 버렸다는 말을 울 듯한 얼굴로 말했다. 거실에 발을 딛을 자리가 없을 정도로 화분이 넘쳐 화가 나서 깨 버렸다고. 나는 그녀의 말 중간중간에 사람은 배워야 산다는 말을 후렴구처럼 넣곤 했다.

무엇보다 우리를 이어 준 것은 고통에 대한 이해였다. 그녀의 아들은 같은 말을 하고 또 하곤 했다. 밖에 나가면 곱빼기로 짜장면을 먹거나 식당에 들어가 실컷 먹고 전화번호나 주소를 알려 준 뒤 택시를 타고 집으로 왔다. 어떤 때는 빵집에서 나오다가 유리창을 깨기도 했다. 그녀는 늘 비상금을 준비해 놓고 이리저리 뛰어다니며 외상값을 갚거나 수리비를 물어 주러 다녔다.

불필요한 욕망의 가시를 잘라 내고 탁한 피를 걸러 내는 고통의 대가는 살아 있음에 기뻐하고 감사하는 일이리라. 막내아들은 열일곱 살의 나이에 어머니 가슴에 못을 박고 세상을 떠났다. 이후 집안 경제는 좋아졌고, 명문 학교를 나온 두 아들은 건실한 회사에 다니고 있다.

S가 세상을 뜬 지 이 주일쯤 지난 뒤였다. 우연히 그녀의 남편을 만났는데 살짝 미소 띤 얼굴로 이런 말을 한다.

"집에 들어오면 언제나 아내가 웃으며 맞아 줬는데, 이젠 아내가 사랑했던 화분의 꽃들이 절 반겨 주네요⋯⋯"

S의 자리에 서서, 이제는 꽃들이 웃으며 그 남편을 반기고 있다고 한다. 그가 깨 버렸던 그 화분의 꽃들이 아내를 대신해서.

"⋯⋯내 인생에서 지금이 가장 좋아요."

인생에서 가장 좋을 때, 좋아하는 시월에 꿈의 길 끝자리까지 달려간 S는 이제 또 다른 새로운 영원한 공간에서 기뻐하며 쉬고 있을 것이다. 가슴에서 솟구쳐 오는 꿈을 따라 더 광대하고 빛나는 길로 계속 가고 있을 것이다.

스위스 태생의 임사연구 개척자이자 정신과 의사인 퀴블러 로스는 죽음에 대해 이렇게 말했다.

"죽음은 마지막 성장의 단계다. 죽음은 끝이 아니라 삶의 과정이며 완성이다. 육체는 인간의 영혼이 깃든 장소이며, 사는 동안 자신을 표현하는 데 쓰도록 배당된 형체에 지나지 않는다. 죽음은, 애벌레가 누에고치에서 벗어나 나비가 되는 것처럼 새로운 형체로의 변화이며, 자유로이 본향으로 돌아가는 것이다."

미세먼지가 심한 날 마스크를 쓰고 길에 나서면 하늘도 산도 뿌옇다. 종말이 곧 닥칠 것처럼 아득할 때 갑자기 불안한 마음이 스친다. 사는 것이 팍팍하고 탁한 날씨처럼 마음은 우울하다. 절망적인 상황에서 환한 것, 즐거운 것을 찾게 되면 S가 떠오른다. 이제 하하 웃으며 기쁘게 말할 수 있는 그녀가 없다. S는 강한 의지로 믿음을 실천하며 살았다. 그녀의 선善한 삶에선 영혼의 향이 퍼져 나간 듯했다. 그녀는 빛을 데리고 또 다른 세상으로 가 버린 것 같다.

갑자기 사는 것이 아득할 때, 구름송이 떠가는 하늘에서, 숲에서, 그 어디선가 빙긋이 웃으며 다가오는 사람이 있다. 먼 곳, 이 지상이 아닌 먼 곳에서 생시처럼 귀에 익은 부드러운 목소리로 전화를 걸어올 것 같다. S가 머물렀던 자리, 함께 걸었던 거리, 추억이 스민 사물을 보면 그녀의 냄새, 분위기, 이미지가 가슴으로 밀려온다.

우리는 생生과 사死의 시공을 넘어 침묵 속에서 또 다른 우정을 이어 가고 있다.

두
사
람

2019년 이월 말의 추운 아침이었다. 붉은 리본 끈으로 묶은 종이가방을 퀵서비스 아저씨가 배달했다. 가방 속에는 예쁜 보자기로 싼 상자가 들어 있었다. 보낸 사람은 이준묵 목사님과 김수덕 사모님의 셋째 딸이었다. 상자 안에는 낡고 오래된 이준묵 목사님 일기장 한 권과 사모님이 쓴 낡은 일기 공책 한 권이 들어 있었다. 목사님 일기는 1960년 한 해 동안 쓴 것이고, 사모님 일기는 1968년 삼월부터 매일매일 꼬박꼬박 쓴 것이다. 두 권의 일기를 받아든 나는 깊은 감회에 빠져들었다.

다음 날, 종이가 바스러질 것 같은 사모님의 일기를 조심조심 읽어 내려갔다. 어떤 부분은 흐린 글씨 때문에 알아보기가 힘들었다. 무명으로 지은 무채색 한복을 즐겨 입었던 오십 대 무렵 사모님의 웃는 얼굴이 생시의 모습처럼 떠올랐다. 스스로 아무것도 없다고 생각하는 겸허한 삶 한가운데로 신의 광채가 비치는 환한 이미지였다.

일기를 읽으면서 삼십 대 초반의 아득한 나로 돌아가 두 분에 대한 글을 쓰고 싶은 마음이 솟구쳤다. 두 분의 삶을 세상에 알리고 싶었다. 두 분의 일기는 단순히 개인의 이야기가 아니라 시대의 기록이기 때문이다.

2019년 십이월 하순에 『새벽을 여는 꿈의 삶』이라는 고 김수덕 추모집이 나왔다. 책을 읽으며 두 분이 사셨던 고풍스러운 사택, 뜰의 꽃나무, 강아지, 항상 열려 있던 커다란 문이 흐릿한 기억 속에서 생생하게 살아났다.

두 분에게는 다섯 명의 아들딸이 있다. 나는 그들이 두 분을 생각하며 쓴 추모 글을 읽으며 나의 산문 속에 몇 구절 인용하기도 했다. 떠오르는 추억 속에서 사모님의 불굴의 삶에 대해 더 구체적으로 쓸 수 있었다.

소년, 은인을 만나다

나의 남편은 해남 사정리에서 태어나 그곳에서 초등학교를 졸업했지만 집이 가난해 중학교에 가지 못했다. 열다섯 살이 될 때까지 지게를 지고 매일 산으로 나무를 하러 다녔다. 소년은 새벽마다 교회에 나가 종을 쳤다. 종의 줄을 잡아당겨 땡그랑 울리고 그 종소리가 온 마을로 퍼져나가길 희망했다. 하루는 종이 고장 났는지 울리지 않았다. 공부 못 한 것도 억울한데, 이렇게 종까지 망가진 것이다. 소년은 소나무로 만든 네 기둥의 종각으로 올라가 종을 고치고 내려오면서 엉엉 울었다. 끝까지 공부하겠다는 각오가 통곡 속에서 더 강하게 꿈틀거렸다. 얼마 후 소년은 용기로 무장하고 무작정 목포로 가는 버스와 배를 탔다. 목포의 번화가를 돌아다니다가 얼굴이 선해 보이는 상점 주인한테 말했다.

월급은 안 받아도 됩니다. 종업원으로 써 주세요. 대신 야간학교만 보내 주세요.

상점 주인은 소년의 말에 고개를 저었다. 어떤 아저씨는, 엄마가 걱정하니까 빨리 집에 가라고 말했다. 소년은 사흘 동안, 낮엔 상점가를 돌아다니고 밤엔 목포 역전에서 잠을 잤다. 아무런 열매 없이 사정리 집으로 돌아온 소년은 다시 지게를 지고 산으로 나무하러 다녔다. 사방으로 문이 닫히고 갈 길은 보이지 않는데, 오직 하늘로만 문이 열려 있었다. 소년이 할 수 있는 것은 산 너머 산을 바라보며, 영원한 고향 같은 하늘을 보며 공부할 수 있는 길을 열어 달라고 간절히 기도하는 것뿐이었다.

어느 날 소년은 위엄 있게 서 있는 흑석산을 바라보다가 갑자기 저 하늘을 향해 결판내고 싶은 마음이 용솟음쳤다. 집으로 돌아온 소년은 곧바로 하나님께 편지를 썼다.

"하나님! 저는 공부하고 싶습니다. 굶어도 좋고 머슴살이도 좋습니다. 저에게 공부할 수 있는 길을 열어 주십시오."

겉봉에 '하나님 전 상서'라고 쓰고 바로 우체통에 넣었다. 우체부 아저씨들은 이 기이한 편지를 놓고, 우리는 하나님을 모르는데 어떻게 할까, 의논하다가 믿음이 신실한 국장님에게 이 편지를 넘겼다. 항상 미소를 달고 사는 국장님도 잠시 고민하다가 편지를 덕망 있는 분에게 전하기로 했다. 바로 해남읍 교회 이준묵 목사님이었다.

어느 날, 하늘의 소식을 기다리고 또 기다리고 있던 꿈의 소년에게 목사님한테서 연락이 왔다. 만나기로 한 날은 비가 내렸다. 소년은 빨아 놓은 검은 한복에 검은 고무신을 신고 목사님 사택으로 갔다. 가슴에는 동네 장로님이 준 비파나무 화분을 안고 있었다. 장로님이 소년의 앞날을 기원하며 목사님께 드리라고 준 선물이었다.

거실로 들어가자 붓글씨로 쓴 '참'이란 글자가 눈에 들어왔다. 그 순간 소년은 '참'이란 글자가 벽에 붙일 정도로 좋은 것이니 참되게 살자고 마음먹었다. 목사님, 사모님과 함께 얘기하고 있는데, 한 아주머니가 들어오면서 물었다. "이 아이는 누구예요?" 그때 사모님이 "우리 아들입니다."라고 대답했다. 소년은 자신을 진심으로 받아 주시는 목사님 내외를 보며 가슴이 뛰었다.

꿈을 먹고 살아가던 소년은 하늘을 움직여 목사님이 운영하는 '등대원'에 들어가 공부하게 되었다. '고아원'이란 말 대신에 '세상을 밝히는 등대가 되라'는 의미로 '등대원'이라 불렀다. 무허가 농업중학교에 들어간 소년은 하루 종일 농장의 논밭에서 일했다. 공부할 시간이 별로 없었다. 공책 살 돈도 없었다. 손바닥에 영어단어 열 개씩을 적어 매일 십 리 길 학교 가는 길에 외웠다. 그래서인지, 투박하고 강한 악센트의 그의 영어 발음엔 남도의 한限과 슬픔이 묻어 있는 것 같다. 소년은 서너 시간의 학교 수업도 마음에 차지 않고 허탈해서, 밤이면 사과나무 아래 가서 무릎을 꿇고 기도했다. 환한 달빛을 받은 사과나무가 곤한 몸에 생기를 돌게 해 주었다.

"과일을 따 먹고 싶은데, 양심 때문에 따서 먹을 수 없어요. 일을 너무 많이 해 항상 배가 고파요. 빨리 농장이 팔리게 해 주세요."

소년의 기도대로 농장이 팔려 해남읍에서 중학교를 다니게 되었다.

그 무렵의 나는 목포 선창가에서 부잣집 둘째 딸로 살고 있었다. 이층벽돌집만 나서면 바로 바다와 배들과 건너편 세 개의 섬이 이어져 있는 삼학도가 유혹하듯 손짓하고 있었다. 섬에서 올라온 사람들과 필요한 물건을 사서 섬으로 가려는 사람들, 어딘지 떠도는 방랑자의 기운이 얼굴에 서려 있는 뱃사람들, 갖가지 생선이 널려 있는 좌판을 기웃거리고 있는 사람들로 선창가는 늘 웅성거렸다.

나는 학교에 갔다 오면 가방을 바로 내던지고 할 일 없이 선창가를 배회하며 시간을 보냈다. 외할머니 집에 갈 때 배를 탔던 저 아래 배다리까지 한 시간쯤 걸어가서, 엄마한테 탄 돈으로 삶은 고래고기나 아이스께끼를 사 먹었다.

소녀는 저 섬들과 바다를 멀리 떠나 넓은 세상에서 떠돌며 한 인생이 성장하는 푸른 꿈을 꾸었고, 가난한 소년은 지게를 지고 산에 다니며 공부하는 것을 꿈꾸었다. 그런 두 사람이 어른이 되어 넓은 바다와 장대한 흑석산을 든든한 배경으로 부부의 인연을 맺었으니 신의 섭리가 오묘하기만 하다.

소년, 소녀를 만나다

깊은 산골짜기 호롱불 밑에서 목회할 겁니다. 따라오겠소?

꿈의 소년은 여전히 꿈을 먹고 살아가는 젊은이가 되어, 어디든지 떠돌아다니기를 좋아하는 집시 같은 여자에게 프러포즈했다. 목회가 뭔지도 모르면서, 집 나간 탕아를 넓은 아비의 품으로 맞이해 줄 것 같은 환상에 그 자리에서 네, 하고 당당하게 큰 소리로 대답했다. 그때 그 순간의 환상은, 현실적인 너무나 현실적인 삶의 한가운데 뿌리를 내리지 못하고 집 떠나는 객을 그리워하는 마음을 가슴에 품고 살게 되었다.

유년시절, 바다는 나의 탈출구였다. 바다를 보고 꿈을 꾸고 얘기하면서 바다는 그리움의 대상이 되었다. 바닷가에서 자라서 그런지 싱그러운 기운을 안겨 주는 바다가 늘 나를 부르는 듯했다. 항구는 언제나 이곳을 떠나 더 넓은 곳으로 가라고 속삭여 주고 있었다. 그렇게 가슴이 답답하면 뭔가 짝사랑하는 마음으로 바다를 보러 나섰다. 바다는 집시 같은 피를 잠재우는 넓은 품이고, 방랑심의 근원 아닌가.

십일월의 가랑비처럼 마음속에 축축한 비가 내릴 때, 빨리 바다로 가야겠다는 생각이 든다. 허먼 멜빌의『백경』을 읽으면 마음속에 우수의 빗방울이 떨어지고, 발길은 안개비 자욱한 항구로 향한다.

남편은 산의 기운을 그리워하며 살아갔다. 산이 불타오르는 꿈을 꾸고 나면 막힌 일이 풀릴 거라는 예감에 기뻐했다. 산꼭대기까지 물이 찰랑찰랑 차오르는 꿈을 꾸고 나면, 물은 성령이라고 환한 얼굴로 말했다. 광대한 바다와 하늘과 산이 우리를 위로 이끌어 주는 역할을 했다.

그는 배우고자 하는 열망에 부끄럽지 않게 열심히 공부했고, 나중에는 대학의 총장 자리에까지 올랐다. 예전에는 신학과 철학 관련 서적을 주로 읽었는데, 명예교수가 된 뒤부터는 다양한 책을 읽는다. 교수들 모임인 독서포럼에 가는 남편이 하얀색 천가방을 메고 집을 나서면 나는 말한다.

멋있어!

그러면 그는 뒤를 돌아보며 씩 웃는다. 여전히 꿈을 꾸고 있는 무구한 소년의 얼굴이다. 스위스 바젤에서 밤새 독일어 서적과 씨름하고, 아침에 강의를 들으러 현관을 나서던 씩씩한 청년의 모습을 보는 듯했다. 요즘은 동네 공원에 있는 도서관에 자주 간다. 지금도 그는 하늘 문을 향해 꿈을 꾸며 나가고 있는 듯하다. 나는 그의 배움에 대한 열망을 존경하는 것이리라.

고난을 통한 희망의 동반자

2006년 삼월에 내가 직장암 수술을 받고 얼마 지나지 않았을 때였다. 남편은 『주부편지』에 「고난을 통한 희망의 동반자」라는 산문을 발표했다. 나는 이 글을 읽고 왜 어울리지 않게 바다와 산이 만났는지, 그 오묘한 까닭을 밝히는 한 줄기 빛을 보는 듯했다.

"침대에 실려 수술실로 들어가던 아내는 평온한 미소를 나와 딸에게 보냈다. '진리는 고통의 감수를 통해서만 쟁취할 수 있다'는 니체의 말처럼 아내는 어둠 속에서 빛을 본 것일까. 아내가 수술 잘 받고 돌아오기를 기도하며 딸과 함께 대기실에서 기다렸다. 여섯 시간쯤 지나 마취에서 간신히 깨어난 아내는 이동침대에 실려 병실로 들어왔다. 핏기 없는 얼굴을 보았을 때 아내의, 생명의 소중함을 다시 느껴 보는 기쁨과 함께 가슴을 후비는 아픔과 눈물을 억누를 수 없었다.

암의 원인은 대부분 스트레스 때문이라고 한다. 심한 스트레스 속에서 암세포는 십여 년 동안 몸속에서 천천히 진행한다고 한다. 그렇다면 섬세한 감성과 맑은 영성을 지닌 아내는 나 때문에 일어난 스트레스를 참고 참다가 마지막 비등점에 이르자 면역체계가 무너져 암이 발생한 것이다. 나는 아내에게만 아니라, 그가 신성한 관계를 맺고 있는 하늘과 땅에도 큰 잘못을 범한 것이다. 나는 아내가 나를 대신하여 통렬한 고난을 당하고 있다는 자괴감을 떨칠 수 없었다.

아내는 꽃과 나무, 풀을 특별히 좋아한다. 아내의 마음이 하늘의 공기를 마시며 자연의 소리에 귀를 기울이고 있기 때문일 것이다. 아내가 정원을 가꿀 땐 대지와 모든 생명들과 입을 맞추고 그들과 속삭이는 듯하다.

수술 후 아내는 한밤중에도 통증으로 신음하며 잠 못 이루었다. 아내가 아파하며 신음하는 소리는 나로 하여금 하늘과 땅뿐만 아니라, 만물에 엎드려 참회하게 하는 예리한 찔림으로 다가왔다. 아내의 고통과 신음은 마음속 깊은 데서 나를 전복시키는 계시와도 같았다. '인간은 눈물로써 세계의 죄악을 씻어 낸다'는 도스토옙스키의 말처럼 아내의 눈물과 신음은 나의 죄악을 씻어 내고 있었다."

뜰이 있는 사택

남편이 스위스로 유학을 떠나기 전 우리는 일 년간 해남읍의 목사님 사택 가까운 곳에서 살았다. 유럽으로 떠나기 전에 목사님과 사모님 곁에서 인생을 어떻게 살아야 하는

지를 배웠다.

해남의 사람들은 정중하고 예의가 있었다. 선물을 할 때도 정성껏 풍성하게 혼(魂)을 담아 주었다. 추석에는 삼색송편을 만들어 외지에서 온 사람들에게 선물했다. 음식은 다양하고 맛있어 서울보다 생활수준이 더 높게 느껴졌다.

삼십 대 초반의 나는 그 작은 읍내에서 두 살 된 딸을 키우면서 두 분을 통해 자신을 극기하는 법과 행동으로 실천하는 삶에 대해 배웠다.

삼백 평쯤 되는 사택 뜰엔 백 년 넘은, 잘 자란 기품 있는 은행나무와 오십 년 된 히말라야시더와 석류나무가 있었다. 뒤뜰엔 무화과나무가 있고, 정원에서는 양들이 놀고 있었다. 기와 담가엔 토종 꽃들과 남도의 태양 볕에 열정의 붉은 칸나가 타오르고 있었고, 고추와 마늘이 심어져 있었다. 사모님이 좋아하는 붉은 장미꽃도 피어 있었다. 항상 열려 있는 커다란 나무문을 들어서면 나무 냄새, 꽃 냄새가 풍겨왔다. 뭔가 의미 있는 일이 벌어지고 있는 듯했다. 흙마당 건너 맞은편엔 일직선으로 된 기다란 툇마루가 보이고 댓돌 위에는 두 사람의 하얀 고무신이 가지런히 놓여 있었다. 왼쪽 부엌이 있는 곳엔 사모님 신발이, 저쪽 마루

끝의 오른쪽엔 목사님 신발이 놓여 있었다.

어떤 날엔 구걸하는 사람들로, 또 어떤 날엔 뭔가 부탁하러 오는 사람들로 툇마루나 마당이 붐볐다. 해남이 소록도로 가는 길목이어서인지 나환자들도 찾아오곤 했다. 사택에 가면 빈손으로 보내지 않는다는 말이 돌았고, 이 말에 이끌린 사람들이 열린 문으로 들어왔다가 보자기에 싼 무언가를 공손하게 두 손으로 받고는 나갔다. 한 무리가 가면 얼마 있다 다른 사람들이 와서 보자기에 싼 물건을 받아갔다.

목사님의 형님은 기아자동차 전신이라고 할 수 있는 아시아자동차 회장이었다. 두 사람은 어렸을 때 약속했다고 한다. 형은 육肉을 먹이는 자가 되어 세상을 돕고, 아우는 영靈을 먹이는 자가 되어 사람들을 돕자고……

형은 동생이 영의 일에만 전념할 수 있도록 버팀목이 되어 주었다. 동생의 다섯 자녀 교육을 책임져, 조카들이 큰 도시에서 각자의 재능을 살리며 공부할 수 있도록 도와주었다. 물질적인 지원도 아끼지 않아 다른 목회자와는 다른 삶을 살 수 있도록 해 주었다. 해암 또한 형의 기대에 맞춰 영의 사람이 되려고 노력했다.

"형님은 우애에 힘쓰신다. 물질이 문제가 아니다. 그분의 마음씨가 나는 좋다. 그러한 마음씨를 나는 갈망한다. 그러나 잘되지 아니해 후회요, 한탄이다. 물질도 물질이지만 인간을 이해해 주는 그 마음이 온 천하보다 크다."

만남

두 사람은 한 번 만나 똑같은 한 가지의 꿈을 믿고 결혼했다. 두 사람은 각기 자기 거처 앞 댓돌 위에 놓인 신발처럼 읍내의 골목길을 걸어갈 때도 적당히 떨어져 걸어갔다. 큰 나무처럼 떨어져 있어도 둘만의 영적인 기류가 그 사이를 흐르고 있는 듯했다. 두 사람은 각자 고독했고, 각자 충만했다.

"땅의 것으로는 나를 만족시킬 만한 것이 없다. 부모와 형제와 처자도 나의 마음을 만족케 할 수 없으므로 주를 통하여 만족을 얻고자 한다. 이 역시 심혈을 기울여야 하는데, 그러지 못하고 있다."

"얼굴 양 볼에 종기가 생겼다. 하나님 앞에서 무슨 잘못한 것이 있어서 이리 된 것이리라. 불평 없이 감사히 받아

들여야겠다."

"오늘은 이곳저곳에서 할 일이 많아 일하는 동안 아무 잡념이 없었다. 이러한 의미에서 노동은 기도라고 할 수 있다."

목사님의 일기이다. 목사님은 중국 산둥성 선교사로 떠나려고 준비하고 있을 때 스물여덟 살의 간호사 김수덕을 만나 결혼했다. 김수덕은 미국 유학을 꿈꾸던 아가씨였다. 결혼한 지 사흘 만에 남편 이준묵 홀로 중국으로 떠났다.

행동하는 밤의 천사

간호사 출신의 사모님은, 육이오 때 가족을 잃고 슬퍼하는 사람들의 고통을 기억하기 위해 평생 회색 광목과 미색 옷만 입게 되었다고 한다. 하얀 고무신에 무채색 한복을 입고 무언가 생각하는 듯한 얼굴로 걸어가는 작달막하고 깡마른 모습은, 이 땅의 죽어 간 억울한 넋들, 살아 있는 자들의 애통한 마음과 하나 되려는 의지의 화신化身 같았다.

사모님은 아침 일찍 일어나 기도와 명상을 한 뒤 그날 해야 할 일들을 목사님과 상의했다. 그 후에 뜰과 화분의

식물들을 돌보고 그날 만날 사람들에게 줄 선물을 준비했다. 손님 접대에도 정성을 쏟았는데, 음식을 잘 만들기 위해 조리사 자격증까지 취득했다. 선한 일을 미루면 후회하고, 후회가 닥치기 전에 바삐 움직였다. 잠시 누웠다가도 할 일이 떠오르면 벌떡 일어나 집을 나섰다. 한밤중에라도 가난한 사람, 병든 사람을 찾아가 쌀이나 먹을 것 등을 집 앞에 놓고 왔다.

언젠가 늘 정적이 흐르고 있는 고택을 방문했을 때였다. 활짝 열려 있는 나무대문 앞에 언제나처럼 두꺼운 광목으로 지은 한복을 입은 사모님이 하얀 보자기에 싼 것을 두 손으로 들고 서 있었다. 그게 무어냐고 물었더니 시골 전도사에게 줄 꿀이라고 빙긋이 웃으며 말했다. 자신의 혼이 담긴 선물을 두 손으로 공손하게 들고 있는 사모님이 성자처럼 느껴졌다. 상대방이 그 누구라도 그렇게 사랑의 보물단지를 주기 위해 살았던 것이다.

사모님은 또 "선한 일은 바로 해야 한다. 내일로 미루면 악한 일이 된다."라고 생각했다. 내일은 내일의 일이 있고, 힘든 일은 하기 싫고, 게으름을 피우는 것이 인간의 본성이기도 하다. 그래서 사모님은 오늘 할 일을 내일로 미루는 것을 경계하고 조심했다.

"사람은 사람을 먹고 산다. 사람은 먹을 것이 없어도 살지만, 먹을 사람이 없으면 죽는다. 너는 사람에게 먹혀 봤느냐?"

사랑의 존재인 사람은 누군가의 사랑을 먹고 살아가는 것이다. 그 사랑을 베풀기 위해 사모님은 목표가 이끄는 삶을 살았다. 자신을 채찍질하며 스스로 택한 '좁은 길'의 삶을 살았다. 일을 많이 해 마디마디가 굵고 거칠어진 손으로 누군가를 위한 선물이나 식사 준비를 하고, 대접할 땐 자신이 하는 일에 혼魂을 박았다. 겨울에 얇은 옷만 입고 교회에 나오는 과부들에게 스웨터를 사 주었고, 황해도에서 피난 온 폐병 걸린 가난한 사람에겐 엿판을 사 줘 돈을 벌 수 있도록 했다. 선물과 대접을 받은 사람은 큰 감동을 받았고 늘 잊지 못했다. 복지시설인 양로원과 어린이집을 세우기도 했다. 우리 부부가 스위스에 있을 땐 남편의 지도교수 넥타이까지 챙겨 보낼 정도로 세심하게 배려해 주었다.

스위스에서 살 때, 고추를 갈아 젓갈에 버무린 맵고 짭짤한, 입맛 당기는 남도의 김치가 먹고 싶었다. 특히 여행 후 기차 타고 집으로 돌아오는, 지치고 허기진 해 질 무렵,

산언덕 그림 같은 집집에서 연기가 피어오르는 목가적 풍경을 보면 이방인의 아득함과 막막함이 몰려왔다. 허한 마음에 이상하게 고향음식이 더 생각났다. 따뜻한 밥에 짭짤하고 얼큰한 남도의 김치 한 점을 얹어 먹는 맛이 그리웠다. 붉은 고추를 갈아 감칠맛 도는 젓갈을 섞어 버무린 고향의 김치……

그 욕구를 채우기 위해 나는 프랑스 알자스 지방의 큰 마트에 가서 멸치젓을 사고, 또 라인강을 건너 독일까지 가서 배추를 사다가 김치를 담갔다. 배추가 물러서 그런지 김치가 맛이 없었다. 그리움은 지우지 못하고 아쉬움만 남긴 채 서울로 돌아왔다.

귀국해서는 적응하느라 차분하게 일할 마음의 여유가 없었다. 서울은 떠나기 전보다 더 복잡해진 것 같았고, 버스를 타면 운전이 거칠어 아찔했다. 긴장감을 해소하기 위해 뭔가 입맛 당기는 음식을 먹고 싶다는 막연한 생각만 하고 있을 때 김치 한 통이 왔다. 마치 스위스에 있을 때 갈망했던 것을 알기라도 한 듯한 선물이었다. 사모님은 어떻게 나의 마음을 읽고 딱 맞춰 김치를 보냈던 것일까. 그 깊이를 헤아리기 쉽지 않았다.

이렇게 머리를 써서 손으로 수고하고 발로 뛰어다니며 애쓰는 만큼 사모님은 늘 몸이 아팠다.

"나는 조금만 머리를 쓰든지 육신을 쓰든지 하면 곧 피로와 통증이 생긴다. 안정은 언제 될 것인가?"

사모님은 도울 사람을 제때 돕지 못하거나 찾아가지 못하면 몸져누웠다. 앓다가도 짠하게 여기는 사람이 눈에 아른거리면 자리에서 벌떡 일어나 장롱에서 보자기를 꺼내 물건을 싸서 화장을 하지 않은 맨얼굴로 집을 나섰다. 누군가에게 줄 보따리를 들고 걸어가는 단아한 모습엔 기품이 있고 고고함이 배어 있었다. 선한 일을 내일로 미루지 않고 행동으로 옮기며 하루를 허무하지 않게 보내기 위해 대가를 치렀다. 자신은 늘 머리가 아파 '뇌신'이라는 하얀 가루약을 달고 살면서도, 남들의 아픈 삶을 해결하기 위해서는 무엇 하나 주저하는 법이 없었다.

"세상에 고아 운명은 너무 처참하다. 어디 마음 줄 곳도 없고 마음 주는 사람도 없다. 고아가 되어 보지 않고는 고아의 고독을 모를 것이다. 나는 어째서 이러한 부모 없는 사람들을 많이 보게 되는 것일까. 이 시련에서 교훈을 얻어야 한다. 마음이 아파서 누워 버렸다. 눈이 내린다."

남을 위해서는 끝없는 길을 걸었지만, 혼을 바쳐 자식들을 키우지 못한 것은 아파했다. 자식들이 투정을 부리면 등대원 식구들을 보라고 말하면서도 "나는 여러 마리 토끼를 잡으려다가 한 마리도 못 잡았다."라는 글을 일기장에 적으며 자식들을 향한 안타까움을 토로하기도 했다.

"몸이 조금씩 건강해지는 것 같다. 밥도 조금씩 먹는다. 그러면 앞으로 더 살 수 있을 것인가? 살면 무엇을 할 것인가? 앞날을 생각하니 겁이 난다. 여러 사람들이 나에게 무엇이 있는 것같이 생각한다. 나에게는 아무것도 없다."

사모님은 별로 말이 없는데도 사람을 울리고, 자신을 구석구석 돌아보게 하는 묘한 힘을 지니고 있었다. 남들이 생각하지 못하는 깊은 데까지 꿰뚫어 보며 마음을 채워 주려고 했다. 한 사람 한 사람이 우주보다 더 크다고 생각하는 사모님은 마음 가는 곳, 짠하게 느껴지는 우주에 이르기 위해 바삐 이리 갔다 저리 갔다 했다. 가끔 문제를 일으킨 '등대원' 아이들 문제를 해결하기 위해 섬으로, 경찰서로 쫓아다닐 때에도 누구 하나 나무라지 않고 용기를 주었다.

"내게 능력 주는 자 안에서 나는 모든 것을 할 수 있다. 나는 할 수 있다. 할 수 있다."

이 말을 읊조리며 도와주고픈 이의 손을 붙잡고 고난의 길을 뚫고 나갔다. 누군가에게 필요하다고 생각하는 물건을 싸 들고 총총걸음으로 이곳저곳 바람처럼 돌아다녔다. 보자기에 싼 선물을 얼떨결에 받은 사람은 취한 듯 가슴이 먹먹하다가 차츰 그게 사랑의 냄새라는 것을 알았다.

언젠가 사모님 둘째 딸이 사모님에게 행行하는 삶에 대해 어떻게 생각하느냐고 물었다.

"허공을 치는 것 같단다. 인간이 그렇게 약하니까 그나마 돌보라고 내게 보내신 것 같아. 그러니까 계속해야지."

이렇게 몸을 혹사하다가 병원에 입원한 적이 있었는데, 이때 어떤 생각이 들었는지 퇴원해 집으로 와서는 자신의 수의壽衣를 직접 만들어 장롱 속에 넣어 두고 살았다. 죽음을 껴안고 그것을 극복하는 영원한 삶을 맛보면서 거듭 태어나는, 하루 스물다섯 시간 같은 삶을 살았다.

이준묵과 함석헌의 우정

해암 이 목사님은 눈이 오나 비가 오나 매일 새벽 냉수마찰을 하고 요가로 몸을 푼 뒤 새벽의 어슴푸레한 미명을 뚫고 산으로 갔다. 집에서 키우는 개 쩡이 안내자가 되어 앞장을 섰다. 관목 수풀로 둘러싸인 넓적한 바위에 앉아 기도하는 동안에 쩡은 얌전히 기다렸다가 끝나면 다시 앞장서 내려왔다.

'늙어도 결실하며 진액이 풍족하고 빛이 청청하게' 살고 싶었던 그는 인생은 팔십부터라고 말하곤 했다. 여든이 넘어서도 기차를 타고 서울에 가서 세미나, 강연, 심포지엄 등에 참석할 만큼 배움에 대한 열망이 컸다. 이렇게 배운 것을 열 명 정도 모이는 스터디그룹에서 다시 교육했다. 여기서 배운 사람들은 모두 훌륭한 일꾼이 되었다.

해암은 스포츠형 머리에 국민복을 즐겨 입었으며, 영원한 청년으로 살고 싶어 했다. 몸을 약간 앞으로 기울이고는 나는 듯 가볍게 빠르게 걸었고, 누구를 만나든 손을 번쩍 들어 반가움을 표시했다. 헤어질 때도 한 손을 들어 안녕하고는 뒤를 돌아보지 않고 그냥 걸어갔다. 그의 짧은 잠언 같은 지혜의 말과 태도는 늘 생동감이 있었다. 부드러운 미소와 환한 얼굴로 어느 모임에나 번쩍 나타났다가 진한 여운을 남기고 바람처럼 사라졌다.

해암은 복지와 농촌건설운동도 했고, 나무를 땔감으로

쓰지 않도록 석탄을 사다가 공급하기도 했다. 무엇보다도 교육에 열심이어서, 예언자적인 사상가이며 시인인 함석헌 선생을 일 년에 한 번씩 초청해 강연회를 열었다.

"한국의 양심, 함석헌 선생님이 해남에 오십니다. 모두 다 와서 듣고, 배우고, 깨쳐 일어납시다!"

청년회원들이 확성기를 들고 해남 읍내를 돌아다니며 알렸다. 선생이 오는 곳엔 하나라도 더 배우려는 사람들로 꽉 찼다. 잿빛 두루마기에 단아한 고무신, 희끗희끗한 수염에 하얀 머리를 한 함석헌 선생은 우렁찬 목소리로 말했다.

"지금은 영웅의 시대나 지도자의 시대가 아닙니다. 우리 민족은 고난을 받고 있기 때문에 오히려 세계를 구원하고 평화를 지킬 사명을 지고 있습니다. 모든 민중이 깨어서 씨알이 되어야 하는 시대입니다. 모두가 국가의 주인입니다.

황야에서 고독한 삶을 살아야 합니다. 들사람 얼을 지닌 야인정신野人情神으로 살아가야 합니다. 참믿음이 있으면, 모든 것이 다 깨졌을 때도 무한의 저쪽에서 들려오는 절대 음성이 지친 나를 올라가도록 합니다. 불붙은 산도 올라가도록 합니다. 절대의 뜻을 만나서 올라가는 삶의 길입니다. 생명은 변화되어 더 높은 데로 올라가야 합니다. 노년과 죽음을 거쳐서 정신으로, 영원한 생명으로 성장해야 합니다."

함석헌은 매순간 올라가는 것이 인생이고, 글은 사람의 얼의 표현이라고 말했다. 가장 주체적인 나는 가장 전체적인 나이며, 그런 '나'는 세계보다 앞선 존재이고 세계보다 존귀하다고 했다.

말과 글엔 혼魂이 스며 있어 한 사람의 인격을 나타낸다. 왕대밭에 왕대가 난다는 말처럼 위대한 인물을 서로 알아보았던 두 사람은 한 시대를 비추는 등불 역할을 했다. 더 높은 곳을 추구하는 해암에게 함석헌의 사상은 공기처럼 스며들었다. 두 사람은 서로를 따르고 존경했다. 사회개혁가요, 정신운동 지도자였던 해암은 함석헌과 수십 통의 편지를 주고받았다. 함석헌은 해암을 '속에 있는 것을 다 말할 수 있는 친구'라고 생각했다. 두 사람은 혼이 통하는 형제 같았다.

"내 혼이 이 형 혼을 보고 하는 것입니다. 우리가 각자 자기 혼의 소리를 들어야 남의 혼을 알 수 있습니다. 우리 두 사람은, 서로 손을 잡고서도 둘인 줄을 잊고 같은 길을 걷는 친구입니다."

1962년 팔월, 뉴욕에서 함석헌이 보낸 편지의 일부이다.

함석헌의 마음은 해암에게만 가 닿지 않았다. 사모님의 혼을 담은 식사를 대하고는 이것이야말로 '참음식'이라고 말하며 사모님을 '한국 어머니의 롤 모델'로 꼽았다. 자신이 존경하는 여성이 두 분 있는데, 그중 한 분이 사모님이라고도 했다. 그게 어디 음식 때문이었을까. 사모님의 깊이를 함석헌도 알고 있었던 것이다.

해암의 일기

사람이 한평생 살다 보면 누구에게나 한 번쯤은 사방이 캄캄해지고, 앞길이 보이지 않는 '영혼의 어두운 밤(Dark night of the soul)'이 있다.

언제인가, 피와 땀을 쏟아 놓은 듯한 해암의 진솔한 설교를 나는 지금까지 잊지 못한다.

"저는 마른 나무토막 같고, 사막으로 추방당한 버림받은 자 같습니다. 성령이 몸에서 떠나면 영육은 살기 힘이 듭니다. 하나님께서 한번 나 없이 지내 봐라, 하는 것처럼 느껴집니다. 믿음은 보지 못한 사실을 확인하는 것입니다. 믿을 만한 증거와 지혜가 있어야만 믿지 아니하겠느냐, 하는 것은 믿음을 가장한 사탄의 소리입니다. 오오, 이 굴레에서, 이 애통한 인생에서 누가 구원해 주겠습니까?"

15세기, 스페인의 십자가라 불린 요한은 신앙을 다섯 단계로 정의했다. 세 번째 단계까지는 잘 나가다가, 네 번째 단계에서 '영혼의 밤'이 찾아온다고 했다. 영적인 불이 꺼지고 하나님이 없는 것 같고, 메마른 광야에 홀로 내버려진 것 같은, 막막한 절망의 때가 온다고 했다. 무서운 것은 어둠의 때, 어둠의 계절 속에 갇혀 버리는 것이다.

종교개혁가 마틴 루터는 악령이 자신을 떠나지 않고 괴롭히자 너무 절망한 나머지 잉크병을 내던지며 어두운 영과 피나는 격투를 했다. 악령은 어두운 존재여서 시시때때로 음흉한 방법으로 인간의 선함을 시험하고 조롱하며, 절망으로 죽음에까지 이르게 한다. 악령은 인간의 절대적인 패배를 원한다. 끝까지 믿음으로 맞서서 죽기 아니면 살기로 투쟁할 때 어느 순간 뿌연 그림자는 멀어지고 사막의 저쪽에서 향기로운 바람은 불어올 것이다. 프랑스 아르스의 성자는 감자귀신하고 싸우면서 일생 살았던 땅을 떠나지 않았다. 그의 생은 결국 승리했다. 끝까지 견디며 바라는 자는 황량한 땅 저쪽에서 빛이 다가오고 있음을 보게 된다. 악령과 천사가 대결하여 뱉어 놓은 암흑기의 잿빛은 거듭나기 위한, 그리고 구원을 향한 인간의 조건일 것이다.

해암의 암흑 경험은 사십 일이 지나서야 끝이 났다. 신을 부르며 수십 년간 기도했던, 산속의 윤기가 나는 넓적한 영적 바위는 그의 승리를 상징하는 산물일 것이다.

어느 눈 오는 날, 그는 이렇게 일기를 썼다.

"맑고 명랑한 새벽하늘이다. 약 한 시간 후에는 캄캄하여지고 바람과 함께 눈이 날리기 시작했다. 하나님께서는 밝은 것을 어둡게도 하시고, 따뜻한 것을 차게도 하시는 능력이 있다. 연약한 나에게도 힘을 주시어 강하고 담대한 자가 되게 해 달라고 기도하였다."

해암은 "악인에게도 선善이 있고, 위대한 성인에게도 악惡이 있다."라는 구절을 읽고 수도자가 되기로 결심했다고 한다. 악과 선이, 어둠과 밝음의 두 세계가 부딪치며 고통의 회오리바람 속에서 신음하는 가운데 그는 큰사람으로 거듭 태어났다.

어느 눈보라가 심하게 몰아치는 새벽, 험한 산의 바위로 가기 위해 대문을 나서는 모습을 보고 사모님은 가슴이 아파 일기를 썼다.

"정신적인 생활이 육체를 괴롭게 한다. 눈이 내리고 바람이 불고 심히 추운 새벽이다. 그러나 이 모든 것을 개의치 아니하고 산으로 기도하러 가신다. 안타깝지만 굉장하고 장하시다. 저분이 이러한 과정을 계속하지 않으면 자기에게 닥쳐오는 모든 어려운 문제를 처리하기 어려울 것이다. 그러고 보면 인간에게는 괴로움도 평안도 없는 것 같다. 나는 저분이 과한 오점 없이 생을 영위해 나가기를 소원할 뿐이다."

꽃이 있는 책상

여자는 식탁과 자기 책상에 늘 꽃을 꽂아야 한다는, 사모님의 감성적이고 섬세한 말은 나에겐 아름다운 유산이되어 지금까지 이어져 오고 있다. 방 안 책상의 꽃이 어느순간 눈에 들어오면 그 형태와 색깔과 냄새가 낯선 땅에서무지개를 보는 듯하고, 침체된 마음에 희망의 불씨를 다시타오르게 한다. 이상하게 꽃을 보면 달라지고 싶은 마음과용기가 치솟는다. 자신이 움켜쥐고 있는 것이 하찮게 느껴지며 마음이 평안해진다. 예쁜 색색의 꽃이 일상의 탈출구인 것이다. 이렇게 아름다운 사물이 바로 옆에 있다는 생각이 들면 메마른 마음이 깨어나 날갯짓하는 듯하다.

꽃을 닮은 고운 자태로 살고자 했던 사모님은 한 송이 꽃의 향기가 되고자 자신을 채찍질했다. 낮은 데로, 더 낮은 데로 내려가서 위에서 붙들어 주는 손길에 이끌려 진한 향기를 풍기기를 원했다.

"나는 언제나 꽃을 좋아한다. 꽃과 같이 고운 생활을 했으면 하는 생각이 있기 때문이다. 꽃을 보고 싫어하는 사람, 미워하는 사람은 없다. 그러나 나를 보고 싫어하는 사람, 미워하는 사람은 있을 것이다. 이 꽃 한 송이만도 못한 나의 생이여……"

"악과 선이, 의와 불의가, 이 두 가지가 모두 나다. 나는 괴롭다."

"책상에 꽃 한 송이 없는 여자는 삶을 모를 것이다."

사모님은 자신에게는 아무것도 없다고 스스로 생각했다. 자신을 비천하고 가련한 존재로 여겼다. 그 빈약한 존재를 향기 나는 존재로 변화시키기 위해, 이 공허한 인생을 향기로 채우기 위해 꿈을 꾸고 그 꿈을 믿으며 자신이 하는 일에 혼을 쏟았다. 그 사유의 깊음와 넓음은 어쩌면 본인 스스로도 알지 못했을 것 같다.

사모님은 문간방에 있는 밥상 크기의 서랍 두 개 달린 책상에서 글을 쓰거나 성경과 책을 읽었다. 훗날, 여든이 넘어서도 카잔차키스나 키르케고르를 읽었다. 아흔이 되었을 때는 니체의 『자라투스트라는 이렇게 말했다』를 읽고 있었다. 또 책상에는 항상 꽃을 두었다. 꽃을 보고 생기를 얻어, 믿으며 꿈의 길로 나갔다.

사모님에겐 유일한 친구가 한 사람 있었다. 시인인 그 친구가 오면 뒤뜰에 있는 토방에 앉아 문학과 철학과 인생에 대해 얘기했다. 자신이 잃어버리고 사는 것이 무엇인지 깨닫게 해 주는 친구의 말은 비 온 끝의 무지개 같았다. 햇살 비치는 토방에서 나누는 두 여자의 말들은 날개를 달고 더 높은 곳으로 날아가기 위해 파닥거렸다. 그러나 그 친구는 암으로 일찍 세상을 떠나 버렸다. 홀로 남은 사모님은 외롭다는 말을 했다.

"인간은 절대자 앞에서 무력하듯이 시간 앞에서도 무력하다. 어쩌면 시간은 절대자와 함께 있는지 모른다. 절대자를 믿고 순종해야 구원을 받을 수 있듯이 인간은 시간을 붙잡고 부지런히 따라가야 희생이 적다. 이제까지 지구 위에 빛을 남긴 사람들은 절대자와 통하는 마음으로 시간 속에서 부지런한 사람들이었다. 유有와 무無의 차이는 죄가 있는 곳에 있지, 죄가 없는 곳에는 유무가 없을 것 같다. 인간은 고독하다."

사모님이 1970년 새해 첫날에 쓰신 일기이다. 용기를 갖고 구원의 푯대를 향해 절대자가 이끄는 대로 따라가는 사람만이 가질 수 있는 심오한 내적 고백이자 신앙 고백이다. 이 깊이를 헤아리기 쉽지 않다.

아흔이 된 사모님에게 어느 날 둘째 딸이 물어보았다.

엄마, 요즘 무슨 생각을 하고 사세요?

하나님은 인간에게 선택의 자유를 주셨다. 사람이 해야 할 일과 하지 말아야 할 일이 있는데, 나는 지금 어느 선線에 속해 있는지 생각하고 있단다. 근데 너는 어디에 속해 있느냐?

세월이 흘러 아흔에 목사님이 돌아가시자, 혼자가 된 사모님은 목사님의 산소에 가기 위해 집을 나서곤 했다. 이제 더는 도움이 필요하다며 찾아오는 사람도 없었고, 보자기에 물건을 싸 들고 어려운 사람을 찾아갈 일도 없었다. 한쪽 귀가 잘 안 들리고 몸은 야위어 갔지만 고요한 삶 속에서 더 환한 존재로 변화하며 살아갔다.

적막한 삶 속에서 어떻게 시간을 보내시느냐고 다시 둘째 딸이 물었다.

하나님과 얘기하며 논단다.

하늘에서 들리는 소리를 듣고 찾으며 깨어나고, 그분과의 은밀한 사랑의 오솔길을 걸었으리라. 외로우면 부르고, 눈물 나면 부르고, 아프면 손 내밀어 그분과 손잡고, 평생 동안 사모한 영원한 영광의 세계로 갔을 것이다.

성공의 근본은 참는 거란다.

이 말 속에 사모님의 전 인생철학이, 인생관이 담겨 있는 것 같다. 참는다는 것은 견디어 내고, 버티어 내고, 기다리는 영의 속성에 속하는 말이다. '너'를 살리고 '나'도 새롭게 살기 위해서 참고 견디는 것이다.

사모님이 쓰러져 병상에 계실 때 당신의 사진을 보여 드리며 둘째딸이 물었다.

이게 누구예요?

모질이!

하나님 앞에서, 작은 자로 자신을 고백하는 아흔두 살의 사모님을 하나님은 일생 동안 사랑하는 일꾼으로 아끼고 함께 놀아 주고 붙잡아 주셨다.

지상의 마지막 순간에는 죽었다가 어느 순간 다시 눈을 뜨고는 죽음 너머까지 멀리 퍼지는 듯한 환한 미소를 지으며 한 송이 꽃처럼 아름답게 이 세상과 작별했다.

우
정

나는 한동안 오랜 친구 K의 행방을 알 수 없었다. 한 친구는 강원도 어느 깊은 산골에 갔다고 하고, 또 한 친구는 러시아에 갔다고 했다. 나는 걱정이 됐지만, 어디에 있든지 잘 지내기만을 바랐다.

그러던 어느 날 친구가 다시 나타났고, 우리는 기다렸다는 듯이 편지를 주고받기 시작했다. 처음에는 두툼한 편지를 우체통에 넣었는데, 언제부터인가 문자로 바뀌었다.

우리는 한번 만나기로 했다. K와 만나기로 한 지 서너 달이 지난 후에야 비로소 그녀에게서 전화가 왔다. 그녀의 목소리를 듣자 반갑고 기뻤다. 나지막하고 부드러운 목소리는 전과 똑같았다. 그녀는 내 목소리도 전과 똑같다고 했다. 요즘은 전과 똑같다는 이 평범한 말이 마음에 긴 여운을 남긴다.

우리는 인사를 나눈 뒤 만날 장소에 대해 말하기 시작했다. 나는 혜화동에서 만나자고 했고, 그녀는 내가 사는 과천에서 만나자고 했다. 그럼 만나서 택시 타고 서울랜드 근방에 있는 분위기 좋은 레스토랑 '장미언덕'에 가자고 했다. 그녀는 자기 혼자 찾아갈 테니까, 나만 택시 타고 오라고 했다. 우리는 장소에 대해 한참을 말하다가 변하지 않는 상대방의 성향에 웃음을 터뜨렸다. 결론을 내지 못하다가, 몇 년 만의 첫 전화에 이게 뭐람, 하는 생각이 동시에 들었는지 우리는 똑같이 너 마음대로 해, 하고 말한 뒤 또 한바탕 웃어 댔다.

친구와 나는 동네 공원 근처에 있는 도서관 벤치에서 만났다. K는 선글라스를 쓰고 있었다. 우리 나가서 걸을래? 하고 나는 말했고, 그녀는 고개를 끄덕였다. 나는 내가 좋아하는 벚꽃나무 아래 벤치로 그녀를 초대하고 싶었다. 우리는 나무 길을 지나 꽃그늘 벤치에 앉아 글로 하지 못한 것을 말로 주고받으며 꿈처럼 봄날 속을 흘러갔다. 꽃향기가 몸 구석구석으로 스며들어 평온한 꿈결처럼 느껴졌다. 벚꽃나무는 가지마다 하얀 눈송이 같은 꽃이 흐드러지게 피어 아래로 늘어진 모습이 커다란 우산 같았다. 집집의 정원마다 피기 시작한 꽃들로 대기는 향기롭고, 건너편 나무 울타리에 둘러싸인 저택은 고요함 속에서 휴식을 취하고 있는 듯했다.

그녀는 벚꽃나무를 올려다보며 아름다워, 하고 말했다. 나는 꿈속에서처럼 그녀를 바라보았다. 편지와 대화에서, 서로에게 바라던 진솔한 마음이 따사로운 봄 햇살 속에서 피어나 위로 올라가는 듯했다. 그렇게 봄날의 우정은 달콤하면서도 진지했다.

우리는 세상 돌아가는 얘기와 이상기후와 살고 싶은 앞날에 대해 막연히 말하다가 알 듯 모를 듯 한 미소를 지었다. 미소 속에는 오래 만나지 못했던 그리움과 아쉬움이 같이 흐르고 있었다. 편지를 주고받으며 침묵 속에 쌓은 환상이, 눈에 보이는 이 현실보다 더 생생하게 살아나고, 언어의 숲을 헤치고 등장한 친구가 순간 낯설고 비현실적으로 느껴지기도 했다.

그 뒤로 어린이 놀이터를 오갈 때마다 나는 정자 옆의 벚꽃나무를 가만히 바라보곤 한다. 그 봄에 K를 이 나무 아래 벤치에서 만난 뒤부터 벚꽃나무는 특별한 추억의 나무가 되었다.

우정이란 상대방의 성장을 주시하면서 자신이 변화하는 푸른 숲과 같은 관계일 것이다. 우선 나는 K의 응원을 통해 병과 싸울 힘을 얻는다. 육체는 신비하며, 그 신비가 유지되도록, 그 신비의 주인이 자신의 몸을 잘 돌봐야 한다는 것을 깨닫는다. 우리는 서로 마늘과 죽염을 많이 먹고 뜸을 뜨라고 말해 주기도 하고, 또 몸을 두드릴 수 있는 대나무를 보내 주기도 한다.

세월이 갈수록 하루하루가 점점 더 빨리 넘어가고 있다. 이제 경험하고 느낄 수 있는 모든 것을 사랑해야 한다고 생각한다.

언젠가 병원에 갔다가 시들한 모습으로 집에 왔을 때, K가 퀵서비스를 통해 박스를 보내왔다. 상자 속에서 물건을 하나씩 꺼내 식탁 위에 올려놓았다. 아직도 식지 않아 따뜻한 만두와 수프, 올리브와 발사믹식초, 채소와 과일로 식탁이 가득했다. 편지도 들어 있었다.

- 제이야! 너의 인생, 운명을 사랑한다고 한 말을 생각했어. 이제는 정말 희망만이 있을 거다. 여기는 롯데호텔 커피숍이다. 호텔 로비에서 퀵 아저씨를 조금 후에 만나기로 했어. 만두는 얼려 놓고 매일 조금씩 쪄서 먹어. 수프도 일단 얼려 놓았다가 먹고 싶을 때 꺼내서 끓여 먹고. 식빵은 구워서 발사믹식초를 찍어서 샐러드와 커피와 함께 먹으렴. 난 이렇게 먹는 아침식사가 항상 좋더라. 이제 아저씨가 올 때가 되어 이만 쓴다.

나도 편지를 썼다.

- 네가 가을날 오후, 지하식품부에서 산 따뜻한 먹을거리를 친구에게 보내기 위해 호텔 로비에서 퀵서비스 아저씨를 기다리는 모습은 007 영화의 한 장면을 떠올리게 해. 그런 너를 또 누군가는 먼발치에서 보고 있을 것만 같아.

그동안, 긴 세월 동안 난 암울하게 지냈어. 문득 사는 것이 외로울 때, 이상하게 네가 스치고 지나가. 또 사는 것이 아름답구나, 하는 생각을 할 때도…… 운명을 사랑한다는 거, 사람을 성숙하게 하는 것이라 생각해. 나와 관계된 모든 것이 운명적인 관계라 생각돼. 하늘, 나무, 꽃, 사람, 갑자기 닥친 어떤 예기치 못한 일, 그 모든 것이……

K가 날 위해 먹을거리를 보내는 손길에 난 행복을 느꼈다. 행복은 어느 순간 스쳐 지나가는 공기 같은 것, 아주 작은 것에서 느끼는 어떤 것, 붙잡을 수 없고 형용할 수 없는 아련한 기쁨 같은 것이다.

K는 나를 거울처럼 비춰 주는 편지를 보내오곤 했다. 나는 소외의 그늘에서 바라고 또 바라는 편지를 보냈다. 편지는 닫힌 문 앞에서 탁탁 두들기는 기쁜 소식 같았고, 무엇보다 잘 걷고 싶은 희망을 품게 했다. 자신이 비천하다는 생각이 들 때는 이 세상의 아름다운 것들에 눈을 두게 되고, 무엇이든 한계가 있는 것보다는 자유롭고 영원한 것을 그리워하게 되는 것이다.

내가 네잎클로버를 보내 주면, 보는 순간 반갑고 좋은 기분이 흘러나왔다면서 K는 그걸 다시 나에게 되돌려 주었다. 그녀가 붉게 타오르는 듯한 열정의 포인세티아꽃을 보내 오면, 난 그걸 식탁의 꽃병에 꽂은 뒤 사진 찍어 보냈다. 편지가 오가는 사이사이에 못다 한 말을 하려는 듯 나는 그녀에 관한 꿈을 꾸었다. 꿈속에서 그녀는 외진 곳에 혼자 앉아 있거나 바닷가에 가만히 서 있었다. 그녀는 자신만의 꿈을 안고서 자신의 한계 너머 먼 곳을 동경 어린 눈으로 보고 있는 듯했다. 문득 나에게 입을 열어 뭔가 말하려는 듯한 목소리가 들려오는 듯도 했다. 그런 그녀를 나는 그리운 마음으로 바라보았다.

– 제이야! 아무것도 마음에 넣어 두지 말고 그냥 빨래처럼 햇빛과 바람에 바래게 해. 무엇을 담아 두거나, 무엇을 생각한다는 일조차 사실 아득하지 않냐? 우리 모두는 각자 자기의 산으로 오르고 있는 걸 거야. 자기 산으로 끝까지 오를 수 있기를 바란다.

자기 산의 끝까지 오르라는 K의 말은 한 발짝 걸음을 뗄 수 있는 용기를 준다. 내 앞의 저 높은 산을 기어서라도 오르겠다는 마음을 불러일으킨다.

– 요즘 안면마비로 매일 침 맞으러 동네 한의원에 다니고 있어. 거울을 보면 입은 비틀어져 있고 눈은 짝짝이야.

흉한 몰골이, 그래도 살겠다고 슬프게 나를 보고 있어. 한의원에 가기 위해 사람이 별로 다니지 않는, 곧 재건축할 으스스한 느낌이 드는 오 층 낡은 아파트 샛길을 지나가면, 야생 고양이들이 사람을 피해 음지에서 음지로 떠돌아다니고 있는 것이 보여. 살겠다고 아등바등하는 꼴이 어딘지 나를 닮은 듯해. 고양이들에게는 어떤 고민이 있을까. 저들도 나처럼 힘이 들고 외로울까……

가꾸지 않은 잡초가 무성한 뜰엔 하얀 찔레나무가 있고 덩굴장미도 왕성하게 뻗어 가고 있어. 오월의 온갖 꽃나무들이 내뿜는 향기는 대기를 떠돌고, 나는 어두운 기가 서려 있는 얼굴을 치료하기 위해 있는 힘껏 숨을 들이켜곤 해. 그래도 한의원에서 십오 분간 침 맞을 때, 운이 좋으면 잠을 자. 평온한 잠이야.

- 제이야! 그 이상한 길로 네가 중동지방 여인처럼 걸어 다니고 있는 모습이 눈에 선해. 자기를 다 내려놓고, 다 버린 상태로 낮아지면 역설적으로 생의 기쁨을 느끼지 않을까. 침 맞으며 잠들 수 있다니까 다행이다. 그때 병이 스르륵 다 나을 거다.

병이 스르륵 다 나을 거라는 그 말의 여운에 잠겨 한 발짝씩 걸어 마트에도 가고 집에서 가까운 경마공원 바로마켓도 간다. 사람들로 웅성거리는 장터엔 생산자 자신이 직접 재배한 물건을 팔고 있다. 텐트 아래 현수막엔 제조업체나 농장 이름이 적혀 있고, 양쪽으로 쭉 늘어선 매대엔 유혹하듯 물건들이 쌓여 있다. 나는 사고 싶은 물건이 눈에 띄면 얼른 카트에 담는다. 구워 먹는 치즈를 파는 매대 앞에서 발길을 멈추기도 하고, 민통선 야생화꿀 파는 매대 앞에선 어떤 들꽃 냄새가 나는지 맡아 보기도 한다.

선창가에서 자라서 그런지 산낙지와 홍어회를 산다. 감자떡과 옥수수도 사고, 늘 유행가를 흥얼거리고 있는 아저씨한테 가서 밤을 사기도 한다. 해남 아주머니가 직접 김치를 버무리고 있는 매대 앞에선 갓김치를 먹어 보기도 한다. 장마당 끝 파라솔 아래에서는 서너 명의 남자가 대추막걸리를 걸쭉하게 들이켜고 있다. 언젠가 큰 눈에 멋을 낸, 하지만 어쩐지 서글퍼 보이던 중년 여자가 막걸리를 사며 흐뭇한 얼굴로 말했다. "여기 막걸리 맛있어요." 이 여자는 언제 마시는 것일까. 비 오는 날 저녁, 텅 빈 식탁에 혼자 앉아 추억에 잠겨 홀짝거리며 마시는 것일까.

시간은 멈추는 듯하고, 생각은 구름처럼 자유롭게 떠다닌다. 달콤한 휴식 속에서 나는 떡볶이나 어묵을 먹는다. 울타리 밖 기氣가 흐르는 장소에서 자신을 돌아보게 하는 싸한 공기를 마시며 어깨를 짓누르는 무거운 짐을 털어 버린다. 삶이 흘러가고 있다. 마음은 앞으로 왔다 뒤로 갔다 하며 시간과 함께 흘러가고 있다. 시간을 잘 보내기 위해, 시간을 잊어버리고 이 일 저 일 하다 보면 어느새 벌써 하루해가 저물고 있다. 허무가 온몸 가득 차오른다. 베란다로 나가 창문을 활짝 열고 달과 별이 떠 있는 어두운 하늘을 본다.

– 며칠 전 밖에 나갔다 저녁에 집에 오니까 내 소설이 실린 잡지가 와 있었어. 나는 그 자리에서 몇 달 전에 쓴 「무채색 여자」를 아주 낯설게 읽었어. 그날은 오늘처럼 비가 왔어. 누군가의 탄식처럼 비가 추적추적 내리면 뭔지 아득하기도 하지. 영화 「글루미 선데이」 주제가가 가슴으로 스며드는 듯한 애틋함 같은 것, 사랑하는 마음을 누를 수 없는 아픔 같은 것이 밀려왔어. 좋아하는 영화의 분위기에 잠겨 글을 읽었는데, 내용도 낯설고 인물들도 낯설었어.

네가 이 소설 끝부분이 약하다고 한 말은 맞아. '사랑한 사람이 다가오는데, 어떻게 하나……' 궤도 밖으로 떨어져 나간 주인공의 무기는 이런 환상이지.

힘을 주는 너의 편지 고마웠어. 밖으로 나가려다 그 자리에서 읽었다니, 가슴이 뭉클했어. 난 이 작품을 연작으로 구상했어. 빨리 주인공을 넓은 공간으로 옮겨 자립적인 인간으로, 자신이 사랑하는 사람을 세상 속에서 훔쳐보게 하고 싶어.

너는 편지에서 향기가 나는 듯하다고 했어. 난 보통 때 악취와 싸워. 병이 안겨 준 악취, 사람들이 풍기는 삶의 악취, 독단과 오만의 악취, 모든 관계에서 피어나는 악취……

아프고 난 뒤부터 악취는 나의 삶의 일부분이 되었어. 거기에서 탈출하기 위해 나도 모르게 향기라는 말을 좋아하게 되었나 봐.

- 제이야! 난 요즘 '문자'를 쓰긴 쓰지만 답답함에 한계를 느껴. 하지만 '문자'라는 게 분명 새로운 문화겠지? 이 새로움이 낯설기만 해. 모두가 철책으로 된 칸 안에 홀로 들어 있는 듯!

모두가 철책으로 된 칸 안에 홀로 들어앉아 무엇을 하는 걸까? 칸 밖으로 나가면 무엇을 해야 하는 걸까? 갑자기 길을 잃어버릴 때가 있다. 그럴 때 재빨리 찾아오는 것은 병이나 고통이나 밤새 갑자기 피어 있는 한 송이 꽃이다.

안면마비가 어느 정도 풀리자 이번에는 머리가 무겁고 귀가 먹먹했다. 나는 또다시 침을 맞으러 한의원에 다니며 길을 오가다가 나무그늘 아래 벤치에 앉아 K에게 문자를 보내곤 한다.

– 병원에 갔더니 글쎄, 난청이라고 해. 요즘은 뭐가 뭔지 다 다르게 보여. 낡은 것이 새롭게 보이고, 새로운 것은 아득하고. 희미해진 낱말도 기억의 저 밑바닥에서 하나씩 꺼내 소리를 내 말해 보곤 해. 생경한 낱말의 울림이 나를 기쁘게 흔들어. 오랜 세월 동안 익숙한 사물의 이름이 종적을 감추었다가 새롭게 자신의 존재를 드러내기도 해. 그동안 너무 소음 속에서 귀를 혹사시키며 살았나 봐. 이제 고요한 침묵 속으로 들어가라는 암시 같아.

요즘, 사람들은 슬픔에 빠져 있어. 갈수록 자연은 파괴되고, 이상기후로 날은 더워지고. 자연은 복수를 하듯 이름도 이상한 새로운 병들을 생기게 하고. 불안한 마스크를 쓴 사람들은 공기가 맑은 바닷가나 숲으로 가고 싶을 거야. 하지만 갈 수 있는 곳은 허공에 떠 있는 듯한 새장 같은 집뿐이야. 우리나라 사람들이 인터넷에서 가장 많이 사용하는 낱말은 슬픔이래. 음악도 비애의 러시아 작곡가 라흐마니노프를 좋아하고. 어디서부터, 눈물에 젖어 있는 듯한 이 아픈 마음은 흘러나오는 것일까.

여름이 흘러가고 있어.

- 제이야! 믿음은 바라는 것들의 실상이며 보이지 않은 것의 증거! 네가 나누는 말들에서 거대한 문학의 뿌리를 느껴. 울림이 있는 말들이 너의 현실 속에서 흩어지지 않고 이루어지길 바란다.

- 나, 지금 가까운 안양에 와 있어. 날은 춥고 배는 고프고. 무얼 먹긴 먹어야 하는데, 매서운 봄바람이 너무 차서 따뜻한 것이 그리운 시간이야. 걷다 보니 음식점이 꼭 한 군데 눈에 띄어. 저녁식사하려고 식당에 들어왔어. 나의 그림자도 따라와 옆에 앉아 있어. 안녕.

- 제이야! 지금 바로 그 장면이 스마트소설인 듯해. 난 요즘 저녁이면 마음이 불안해져.

- 저녁이 오면 이상한 불안감이 밀려온다는 너의 말이 가슴을 쳤어. 정말 어느 순간 불쑥 검은 덩어리 같은, 정체 모를 불안이 스치곤 해. 난 그것이 살아 있는 대상처럼 느껴지기도 해. 나를 어디로 데리고 갈 것 같은 느낌 말이야. 때때로 나는 죽음 너머의 세계를 더듬어 보곤 해. 몇 년 전 러시아 페테르부르크에 갔을 때, 그곳의 짙은 잿빛에 빠져들었어. 죽음과 생명이 합쳐져 빚어진 듯한 그 빛에 생사의 구별은 가는 실처럼 여겨졌어.

- 제이야! 이대로 죽을 수 없다는 소리가 늘 솟구쳐. 바로 그것인 거야. 자기 자신과 맞대면하고, 자기 자신만이 가 보는 길을 걸어가 봐야 할 거야.

- 이 겨울을 준비하기 위해 무엇을 해야 할까. 집이 보이는 길 한가운데 참나무 아래 벤치가 있는 그 곁을 지날 때면 나무를 만지며 말하곤 해. '이 겨울 함께 잘 보내자꾸

나. 날 지켜봐 줘. 나도 널 지켜볼게.' 키가 크고 잘생긴 나무를 쳐다보고 나면 마음이 정다운 사람을 본 것처럼 채워진 듯한 느낌이 들곤 해. 이 겨울, 나는 무엇보다 베란다 햇빛을 치유의 무기로 삼고 있어. 그 따스한 빛 속을 왔다 갔다 하면 기운이 생겨.

혼자 어디 오다가다 다리가 아프면 잠시 쉬기 위해 나무 아래 벤치에 앉아 문자를 쓰곤 한다. 자리에서 일어나 친구 같은 나무 곁으로 가면 저쪽 세 번째 집 이 층, 나만의 방이 주인을 보고 있는 듯하다. 거칠고 투박한 나무껍질을 만지면 너 참 외롭구나, 하는 생각이 가슴을 파고든다.

– 제이야! 베란다에서 햇빛을 무기 삼아 지내고 있다니! 사랑하는 것을 하나씩 만들어 가는 것이 힘이다! 지금의 너만의 방으로 오기 위해 많은 수고의 계단을 거쳤을 거야. 조금 전엔 너무너무 덥더니 갑자기 천둥 번개를 동반한 비가 쏟아졌어. 빛이 번쩍하더니 천지를 쪼개는 듯한 소리, 그 무서운 소리가 하나도 무섭지 않고, 그냥 무너질 테면 무너져라, 하고 가만히 있었어.

번쩍하는 번개가 내리쳐도 하나도 무섭지 않다는 친구가 든든한 우주처럼 느껴진다. 나도 어느새 친구를 닮아 가고 있다. 세상에서 무서울 것 하나 없는 여장부가 되어 속으로 읊조린다. 무엇이든지 무겁고 힘든 것은 다 덤벼들어라! 파도야 더 세게 밀려들어라! 무너질 것은 어서 빨리 무너져라!

- 작년까지 꽃이 피고 지던 난이 메마르며 모조리 쓰러지더니 새해 들어 새싹이 하나둘 나기 시작했어. 어느새 꽃대가 올라오더니 아침에 보니 꽃이 피어 있더라. 오다가다 들여다보면 꽃이 뭔가 말하는 듯이 느껴져.

사진이 일상이 되면서 소통의 수단이 됐다. 나는 베란다에 놓인 난화분의 사진을 찍어 보냈다. 깊은 밤에 카톡, 소리가 나 열어 본다. K의 문자다.

-제이야! 난이 정말 귀하고 귀하게 피기 시작하는구나! 지난겨울에 피고, 새해에 이렇게 다시 핀다는 것은 무언지 운運의 흐름이 느껴져.

어떤 설레는 앞날이 운을 몰고 올 것인가. 인간은 바라고 또 바라면서, 완성을 향해 나가는 창조주를 따라갈 뿐이다. 내일을 알 수 없으므로 바로 오늘 축제의 시간을 가져야 한다. 나는 태풍 뒤의 맑고 깨끗한, 푸르디푸른 하늘에 선물처럼 떠 있는 무지개를, 어두운 밤하늘의 둥근달을, 희미한 외등 아래의 벤치를 찍어 보낸다. 사방에서 어둑한 땅거미가 몰려오고 있다.

– 어둠이 몰려오기 전, 이때 괜히 설레면서 어떻게 뭘 해야 할지 망설여져. 오늘은 날이 흐려 정신이 몽롱해. 자는 건지 깨어 있는 건지…… 아 아…… 이러면 안 되는데 말이야.

– 제이야! 이 세상에 나쁜 일은 하나도 없는 거래지? 오직 경험이 있을 뿐! 네 앞에 놓인 환경이 바로 네게 가장 좋은 환경일 거다.

삶이 혹독할수록 마음은 곤한 육체를 떠난다. 나는 마음이 가고 싶은 대로 발길을 옮긴다. 나를 부르는 곳은 세 집

건너에 있는 나무 밑 벤치이다. 이곳에 오면 육체를 떠났던 마음이 돌아와 편히 쉴 수 있다.

　- 신과 싸우다 보면 내 속을 다 아는 친구처럼 느껴지기도 하고, 님 같기도 해. 내가 의지할 수 있는 능력을 가진 사랑의 존재구나, 하고 마음을 새롭게 먹곤 해. 벤치에 혼자 앉아 시간을 보내고 있으면, 그가 가까이 다가오는 듯한 발소리와 속삭이는 듯한 환영에 스스로 가득해져 부러울 것 없는 지상의 객이 돼. 어느 순간 갑자기 나의 의지 밖에서 찾아온 빛의 손님, 아니 내 삶의 주인으로 나는 둥근달처럼 환한 것으로 가득해져. 아, 열심히 이 세상 마지막 날까지 그가 이끄는 대로 따라가야겠구나, 하는 마음이 솟구쳐 올라. 어디로 가는지 알 수 없지만 따라가다 보면 어느 날, 어느 순간에 내가 바라는 새로운 사람으로 변화되어 있을 것 같아. 그러다 또 어느 순간엔 처음 들어 보는 병명이 의사의 입에서 떨어지지나 않을까, 하는 두려움이 밀려와.

　어느 날 달밤에 동네 벤치에 앉아 K에게 카톡을 보내자 금방 답이 왔다.

- 제이야! 마지막 날까지 따라가겠다는 너의 님, 부러울 게 없는 지상의 객이 된다는 너의 말, 참 절실하다. 그렇게 살아가고 있는 한 의사 입에서 절대로 이상한 병명이 떨어지지 않고 어느새 씻은 듯 나아 있을 거야.

- 몸이 곤할수록 상상은 무성해지는 것 같아. 바다를 보고 국경도 넘고 이국의 외진 골목길을 걸어 다니고. 두 개의 존재로 살아가고 있는 듯해.

- 제이야! 병은 네게 내려 준 큰 선물일 거야. 그렇게 겪지 않고는 사람은 커지고 깊어질 수가, 아마도 없을 것 같다. "모든 것은 자기 속에 있다." 이런 이치도.

자기 속에서 방사하는 것이 무엇인가에 따라 인생의 길을 걷게 되는 것 같다. 그러니 '모든 것이 내 탓이오'라는 그 간단한 원리로 되돌아온다. 자기를 비울 것, 자기를 부정할 것, 이런 깨달음이 온다.

정말 멀리멀리까지 계속 가 보자꾸나.

계속 가라!

혼을 흔드는 외마디 비명소리 같은 말, 계속 멀리멀리
까지 가 보자는 친구의 말……

바라보라,
내 앞의 저 높은 곳을 향해!

한 사람의 꿈은 그것을 지지하는 다른 한 사람에 의해
더 커지고 강해진다. 자신이 선택한 길을 계속 간다는 것은
외롭고 쓸쓸하고 추운 것이지만, 우정의 힘은 계속 가게 한
다. 한 걸음씩 걸어 어느 날 정상에 선다면, 자기 길을 계속
가는 자에게 하늘의 광채가 쏟아질 거다.

바람의 항구

1판 1쇄 발행 2020년 7월 15일
1판 2쇄 발행 2021년 1월 20일

지은이 이재연
펴낸이 김성구

주간 이동은
책임편집 고흥준
콘텐츠사업본부 고혁 현미나 송은하 김초록
디자인 이영민 박인규
제작 신태섭
전략마케팅본부 최윤호 나길훈 이서윤 김지원
관리 노신영

펴낸곳 ㈜샘터사
등록 2001년 10월 15일 제1-2923호
주소 서울시 종로구 창경궁로35길 26 2층 (03076)
전화 02-763-8965(콘텐츠사업본부) 02-763-8966(전략마케팅본부)
팩스 02-3672-1873 | 이메일 book@isamtoh.com | 홈페이지 www.isamtoh.com

ISBN 978-89-464-2124-0 03810

이 도서의 국립중앙도서관 출판예정도서목록(CIP)은 서지정보유통지원시스템 홈페이지
(http://seoji.nl.go.kr)와 국가자료종합목록 구축시스템(http://kolis-net.nl.go.kr)에서
이용하실 수 있습니다. (CIP제어번호 : CIP2020027003)

- 값은 뒤표지에 있습니다.
- 잘못 만들어진 책은 구입처에서 교환해 드립니다.